SV

Nicola Barker
Kleine Verhältnisse

Roman

Aus dem Englischen
von Brigitte Heinrich

Suhrkamp Verlag

Die Originalausgabe erschien
unter dem Titel *Small Holdings* 1995
bei Faber and Faber, London

Erste Auflage 1997

Druck: Clausen & Bosse, Leck
Printed in Germany

Mit leeren Händen gehe ich, und der Spaten ist
sicher in meinen Händen;
Ich gehe zu Fuß, und reite dennoch auf dem
Rücken eines Ochsen;
Wenn ich über die Brücke schreite,
Lo, fließt nicht das Wasser, aber die Brücke fließt.

Shan-hui

Drei Tage

Mittwoch
Donnerstag
Freitag

Mittwoch

Manche Menschen öffnen sich wie Blumen: langsam, bedächtig entfaltet sich jedes Blütenblatt, reagierend, bestätigend. Eine einfache Antwort auf Wärme und Pflege.

Andere Menschen kann man schälen wie eine Frucht – eine Orange oder eine Grapefruit –, die Haut löst sich, und darunter sind Fülle und Reife, in perfekte Spalten geteilt, die nur darauf warten, von geschickt forschenden Fingern aufgeteilt zu werden.

Doug glich einem Ei. Einem hartgekochten Ei. Er wurde einmal, zweimal, viele Male angeschlagen, und seine Schale splitterte und zerbrach, und darunter war etwas Glattes, Gummiartiges, nicht gerade Leichtverdauliches.

Wäre er nicht hart gewesen, wäre er aus seiner Schale gerutscht, feucht, glitschig, wirklich eine Schweinerei. Im nachhinein wäre das vielleicht besser gewesen.

Ich hatte mich die ganze Zeit in Doug getäuscht. Ich hatte ihn für eine Auster gehalten: äußerlich hart wie ein Krebs, sogar rauh, aber mit einem verletzlichen Innern, in dem sich vielleicht irgendwo eine Perle versteckt, kostbar, beschützt. Manchmal überlegte ich auch, ob er ein Käfer sein könnte. Bei Käfern hat man den Eindruck, als liege das Skelett, wie bei einigen anderen Insekten auch, außen, und das Fleisch, die Weichteile, innen. Menschen haben schon immer eine weiche Schale gehabt; die Knochen, das Gerüst, das Stützwerk ver-

stecken sich unter mehreren Schichten von Haut und Fett und Muskeln. Genau so bin ich. Weich und nachgiebig, unter der Berührung wie Pansen.
Nun, Doug war ein hartgekochtes Ei, hartgekocht mit einem bläulichen Schimmer – blau gewordenes Weiß – ein blasser gelber Dotter (sein Herz, ebenfalls nicht weich); er ruhte völlig in sich selbst, war ausgesprochen zurückhaltend und auf verblüffende, lächerliche, vielleicht sogar täuschende Art und Weise von sich selbst überzeugt.

Wir alle hatten seit mehreren Jahren als Gärtner in diesem Park gearbeitet, als das ganze Unternehmen privatisiert wurde und einige von uns – ich, Doug, und Ray nicht zu vergessen (Big Ray) – eine Gesellschaft gründeten und zusammen mit Nancy, unserer Fahrerin, ein erfolgreiches Angebot abgaben.
Doug war offiziell immer der Verantwortliche. Ich bin zu schüchtern und werde nur rot und stottere herum. Ray ist verträumt und zart und völlig ziellos. Doug ist unglaublich vernünftig, zu vernünftig – zugegebenermaßen meistens einsilbig –, aber dennoch furcht- und schreckeneinflößend, hart wie eine Nuß, eine sprichwörtliche harte Nuß. Er ist fair, aber gnadenlos. Wenn er Regeln hat (und meist hat er die), dann richtet er sich auch nach ihnen.
Mit Doug zu arbeiten ist wie eine Partie Pool zu spielen. Der Park ist das grüne Tuch. Wir alle kümmern uns um das grüne Tuch, sorgen für es, lieben es –, doch davon später mehr –, und Doug ist die weiße Kugel. Er versetzt alle anderen Kugeln in Bewegung. Er berät

sich nicht, er fragt nicht, er kooperiert auch nicht. Doug stößt einfach mit den anderen Kugeln zusammen, karamboliert mit ihnen, prallt gegen sie, Kugeln in allen Farben. Und ich bin eine rote Kugel. Schüchtern. Verlegen. Immer die erste, die eingelocht wird, die abhaut und verschwindet.

Dougs Technik ist bemerkenswert einfach. Körperlich. Er ist die große Kugel, die größte. So einfach ist das. Außerdem ist er – und ich finde, darin liegt eine gewisse Ironie, andernfalls ginge dieser ganze Pool-Vergleich auch nicht auf – gleichzeitig die schwarze Kugel. Er ist der erste und der letzte. Wenn er den Tisch verläßt, ist das Spiel aus.

Es gibt eine Frage, die man Doug nie stellen sollte. Frag ihn nie, wo er herkommt. Ich weiß, woher er kommt, denn ich habe ihn oft Französisch sprechen hören, ein seltsames Französisch, das klingt wie eine Liste exotischer Zutaten aus einem schicken Kochbuch, und zwar mit seiner Frau Mercy, die er vor vierzehn Tagen nach dreißigjähriger Ehe verlassen hat.

Doug kommt aus einer Welt voller bunter Vögel, Sonne und hoher Bäume. Ich kann mir diesen Ort sehr deutlich vorstellen, sehe sogar Doug darin, der mit den Füßen Sand in die Luft schleudert und Leute anschreit. Es ist eine Insel. Eine Insel der Kleinen Antillen: Martinique. Ich habe in meinem großen, alten Atlas nachgeschlagen. Ich habe den Bogen von Dougs Inseln gesehen, die bucklig aus der Karibik aufragen wie das Rückgrat eines längst vergessenen Tieres. Barbuda, Antigua, Guadeloupe, Dominica, Martinique, St. Lucia, St. Vincent, Grenada – Dougs Inseln.

Alles an ihm verrät ihn, Äußerlichkeiten; deshalb zügelt er sich, sein wahres Ich, sein inneres Ich, alles. Jeder Muskel ist gespannt, widerstrebt, hält an sich. Das ist Doug, wie er leibt und lebt. Mit seinem adretten, graumelierten Bart, seinem schwarzen Haar, seinen Händen wie Schraubzwingen, seinen dunklen, blutunterlaufenen Augen, seinem Akzent, der stark und schwer ist wie satte Melasse.
In Wirklichkeit kommt er aus Palmers Green, Nord-London. Wie wir alle: Ich und Ray und Doug und Saleem (die einbeinige Saleem, unsere Hausbesetzerin, meine Peinigerin, unsere ehemalige Kuratorin) und Nancy. Diese Nancy.

Nun, der Park ist meine Seele. Ich lebe davon, ich arbeite darin, ich lebe dafür. Ich liebe ihn. Auch Doug liebt ihn, doch in letzter Zeit hat er angefangen, Gemüse anzubauen – ganz hinten in den Gewächshäusern, zu denen Besucher keinen Zutritt mehr haben. Riesengemüse. Er glaubt, den Besuchern fiele es nicht auf, wenn sie durch die Scheiben spähen und Sukkulenten, Orchideen, Exoten erwarten. Er glaubt, sie seien nicht überrascht, schockiert oder sogar verstimmt, wenn sie reihenweise Zwiebeln sehen (Doug ist eine Zwiebel, ja, das gefällt mir, eine Zwiebel) oder Kürbisse, Kohlköpfe, Tomaten. Gelegentlich ein gigantisches, fröhlich aufschießendes Mohrrübenkraut.
»Phil«, sagte Doug das letzte Mal, als ich das Thema Gemüse anschnitt – »Phil.« (Er sagt bei jeder sich bietenden Gelegenheit meinen Namen, rollt ihn auf der Zunge, spricht ihn »fühl« aus, was in meinem Innern

stets etwas auslöst, etwas Verletzliches und Unzulängliches, das mit zu viel Gefühl und zu wenig Ausdruck zu tun hat, etwas Weiches und Trauriges.) »Phil, wer andern eine Grube gräbt, fällt selbst hinein.«
Doug hat noch eine weitere, ebenso unverständliche Redensart auf Lager, die er gelegentlich statt der anderen benutzt: »Phil, Phil, was machste, wenn deine Quelle austrocknet? Hm?« Er wartet die Antwort gar nicht ab. Er ist zu sehr mit seinen eigenen Gedanken beschäftigt. Er schlendert davon (dieses Schlendern, die Gangart eines wahren Gärtners) und reibt sich die Hände, klimpert mit den Schlüsseln in seiner Hosentasche und wirft Schleim aus; er holt etwas tief aus seiner Kehle und spuckt es zielgenau in die Einfassung, wenn er an den zweijährigen Pflanzen vorbeigeht.
Bis dahin bin ich rot angelaufen. Idiot. Ich denke an ›Fühl‹. *Fühl.*
Wer andern eine Grube gräbt.
Ray war damit beschäftigt, neben der Umzäunung an der Ostseite des Parks ein tiefes Loch für einen Torpfosten auszuheben. Er glänzte vor Schweiß. Als ich näher kam, hörte er auf zu graben.
»Wer andern eine Grube gräbt«, sagte ich.
»Das«, antwortete Ray und wischte sich mit seinem fetten Unterarm über die breite Stirn, »stammt von Bobby Marley.«
»Mach keine Witze. Ich dachte, es sei aus der Bibel.«
Ray zuckte die Schultern. »Möglich, ursprünglich. Aber ich bin sicher, daß ich es in einem Song von Bob Marley gehört habe.«

Ray muß gut über 120 Kilo wiegen, hat langes, lockiges blondes Haar, einen wuchernden Bart, grüne Augen, das Gesicht eines Engels. Ich sagte ihm, Doug wünsche, daß wir uns um fünf im Haus träfen, in der Küche.

»Gut.«

»Du, ich, er und Nancy.«

Ray stützte sich auf seinen Spaten. »Sieht ganz so aus, als wäre Doug jetzt endgültig durchgedreht«, sagte er mit einem sanften Lächeln. »Langsam, aber sicher. Das kommt davon«, fügte er hinzu, »wenn man zu lange solide war.«

Ich mochte dieses Gerede nicht. »Er hat lediglich seine Frau verlassen«, sagte ich ruhig. »Das ist alles.«

Ray blieb unbeeindruckt. »Er führt Selbstgespräche.«

»Das tue ich auch manchmal, wenn ich nicht klar denken kann.«

»Du bist wie die Königin. Du redest mit deinen Pflanzen. Doug redet einfach vor sich hin. Die ganze Zeit.«

»Er hat eine Menge um die Ohren. Die Sitzung mit der Parkverwaltung am Freitag, wenn unser Vertrag verlängert werden soll. Das wird kein Vergnügen. Es wird nicht einfach. Und Doug ist derjenige, der es rausreißen muß.«

Ray nickte zustimmend. »Doug ist derjenige, das ist richtig, aber er hat seit Wochen keinen Schlag mehr gearbeitet.«

Ich zuckte mit den Schultern. »Er hat immer etwas zu tun.«

Ray sah finster drein. »Er führt etwas im Schilde«, sagte er. »Er mauschelt herum...«
Ray ahmte mit beiden Armen eine Waage nach, die aus dem Gleichgewicht geraten ist. »Und ich weiß nicht«, fügte er hinzu, »was das für die übrigen von uns und für diesen Park zu bedeuten hat.«
Er schaute sich um, sah auf seinen Spaten, den Dreck, das Gras, die Umzäunung.
Ich räusperte mich und sagte, »Der Laden läuft doch vor sich hin wie immer.«
Ray zuckte die Achseln, hob den Spaten auf und fing wieder an zu graben. »Jemand wird etwas unternehmen müssen«, grunzte er, jede Silbe ein Spatenstich. Nachdem er das gesagt hatte, fügten seine Spatenstiche dem noch sechs Silben hinzu: *Ich werde es nicht sein.*
Ich sah Ray eine Weile bei der Arbeit zu. Wenn Doug sich nur sachte entfalten würde, dachte ich, wie eine Blume.
Ich wußte genau, wie Blumen funktionierten.

Wie groß er ist? Weiß Gott wie groß. Durchschnitt. Kein großer Park. Nicht wie der Victoria-Park, der Hyde Park oder Hampstead Heath. Er scheint klein wegen seiner Schlichtheit. Aber er hat trotzdem Ambitionen. Früher gab es einmal ein Tudor-Museum – schwarzweißes Fachwerk, genau mitten im Park, direkt am Wasser, in dem es sich spiegelte; drei kleine Seen und einen runden Schmuckteich rechts davon, wo Jugendliche im Sommer – in Zuwiderhandlung der Parkordnung – herumplanschen.

Das Museum wurde niedergebrannt, vor Jahren schon, aber seine schwarzen, ausgebrannten Grundmauern sind stehengeblieben, und Saleem, die Kuratorin – nun, über sie später mehr. Wir hatten einmal eine richtige Aschenbahn: rot, offiziell, durch einen Zaun abgeteilt, sehr eindrucksvoll, aber vor einiger Zeit haben wir sie zuwachsen lassen. Die Sportler gehen jetzt nach Tottenham oder hinauf nach Enfield.

Die Tennisplätze – sechs an der Zahl, etwas überwuchert, aber bespielbar – liegen neben den Gewächshäusern. Außerdem gibt es einen wildwachsenden Teil, der mit Absicht unberührt bleibt; er wird von Silberbirken eingerahmt, und Eichhörnchen huschen darin hin und her. Dougs ganzer Stolz ist ein Musikpavillon, der kürzlich auf seine Initiative hin aus rohen, splittrigen, dunkel gebeizten Kiefernbrettern gezimmert wurde. Außerdem noch einen Abenteuerspielplatz, auf den jeder Park stolz wäre.

Im Norden liegt ein Hügel, hauptsächlich Wiesen, wo die Leute picknicken. Wir haben öffentliche Toiletten – Damen, Herren – ,und dahinter liegt der private Teil, nur für das Personal zugänglich. Er besteht aus einer Scheune – einer hübschen Scheune – und dem Haus, das von Saleem besetzt wird und wo Doug herumschleicht, seit er seine Frau verlassen hat. Jetzt hat er sich geöffnet und ist ausgerastet.

Es war drei Uhr an genau diesem Mittwochnachmittag, und ich pflanzte in der Nähe des Musikpavillons Geranien. Ich hatte insgesamt zwanzig Pflanzen und war nicht sonderlich zuversichtlich, was ihren Beitrag zum Gesamteindruck betraf, der ziemlich zerzaust war, spärlich und einigermaßen unordentlich. Eigentlich war es Dougs Revier.

Ich überlegte gerade, ob ich sie in einem Halbkreis nahe der Einfassung pflanzen oder lieber locker zwischen den Spinnenpflanzen verteilen sollte, die den Großteil der Bepflanzung ausmachten. Die Spinnenpflanzen waren Rays Idee, der sie damit begründete, daß sie schnell wuchsen, sich leicht vermehrten und, was am wichtigsten war, grün waren. Ich bezweifelte, daß sie den Winter überstehen würden, aber sie hatten uns nichts gekostet, und da wir pleite waren, war das alles, was wirklich zählte.

Nancy hatte versprochen, irgendwann eine neue, billige Mischung Einjähriger aus Southend mitzubringen. Sie hatte ausgehandelt, daß man sie ihr auf Kredit überließ. Sie ist nie um Worte verlegen, eine nützliche Gabe. Ich wünschte, ich hätte sie.

Mit meiner Pflanzkelle grub ich nahe am vorderen Rand des Beets ein Loch. Während ich arbeitete, hörte ich hinter mir, wie sich der Kies verschob und aneinanderrieb, ein vertrautes Geräusch, ein Aufsetzen, Ansaugen-Lösen. Die einbeinige Saleem.

Ich sah aus dem Augenwinkel, wie sie näherschwang, heranstakte. Ich tat so, als sei ich in meine Arbeit vertieft.

»Phil«, sagte sie, »was ist los?« Sie kam sehr nahe heran. »Du pflanzt Stiefmütterchen, hm?«

»Geranien.« Ich setzte eine und drückte die Erde um die Wurzeln fest.

»So? Wozu sind Geranien gut?« Sie streckte automatisch ihren Stock vor und stieß ihn rechts neben der neuen Pflanze in die weiche Erde. »Wie ist das?«

»Danke.«

Ich erweiterte das Loch mit der Kelle und plazierte eine weitere Pflanze. »Wozu sind sie gut? Ich weiß gerne, wozu sie dienen. Du weißt solche Dinge.«

»Man kann die Wurzeln trocknen. Sie wirken blutstillend. Eine Art Tonikum. Man kann es gegen Durchfall einnehmen oder damit gurgeln. Eine gute Gurgellösung.«

»Wer hätte das gedacht.« Sie hüpfte einen Schritt zurück und bohrte noch ein Loch. Ich rutschte nach und pflanzte eine weitere Geranie. »Wer hätte das gedacht, hm?«

Ich schnitt eine Grimasse. Sie sah mich prüfend an. »Bist du beschäftigt, Phil? Arbeitest du zuviel? Ist dir heiß? Holst du dir vielleicht einen Sonnenbrand? Du hast auf beiden Backen leuchtend rote Flecken.«

Ich versuchte sie abzulenken, ihren Fragen auszuweichen, ihre Blicke von meiner Haut abzuziehen, die immer anläuft, wenn sie in die Nähe kommt, immer errötet. »Dein Stock wird schmutzig.«

»Hm?« Sie untersuchte ihn. »Nee. Der Boden ist trokken. Braucht Wasser.«

»Für August ist es feucht.«

»Für August ist es feucht!«

Sie lachte schallend und ließ sich auf die Graskante fallen. Ich sah sie einen Augenblick lang an, wandte ihr dann den Rücken zu und pflanzte weiter.

Saleem hat langes, schwarzes Haar und ein schmales Gesicht. Haut in der Farbe von Karamel. Halb dunkle

Hindu, halb Griechin. Eine merkwürdige Hybride. Sie sieht aus wie eine Kobra mit Perücke. Sie spricht mit gespaltener Zunge. Sie kann mich nicht ausstehen, ich weiß nicht, warum.

»Können wir reden, Phil?«

»Ich habe zu arbeiten.«

»Dann während du arbeitest.«

Ich rieche ihre Abneigung, immer, es ist eine heiße Abneigung, mit einem heißen Geruch, der mich innerlich und äußerlich schrumpfen läßt. Und sie liebt es, einen anzustarren, einem zu nahezutreten, einen dranzukriegen. Dafür lebt sie.

»Dann während du arbeitest«, wiederholte sie.

Ich sagte nichts.

»Irritiere ich dich, oder was?«

»Nein.«

Sie stieß mir ihre Stockspitze tief unten ins Kreuz.

»Laß das.«

Ich schlug ihren Stock mit dem Arm beiseite, drehte mich aber nicht um.

»Du bist einfach zu sensibel«, sagte Saleem, und dem Klang ihrer Stimme nach zu urteilen lächelte sie. »Normalerweise würde ich mir nicht die Mühe machen«, fügte sie hinzu, »aber in letzter Zeit hat sich die Lage zugespitzt, und ich hoffe auf dich, daß du etwas Entscheidendes unternimmst.«

Ich gab darauf keine Antwort, biß nicht an, und auch sie schwieg eine Weile, saß aufgerichtet da, schlangenstill, das amputierte Bein vor sich ausgestreckt wie ein kurzer Zigarrenstummel.

»Weißt du, Phil, manchmal wirkt deine natürliche Zu-

rückhaltung wie Feindseligkeit. Dreh dich um und sieh mich an«, fügte sie beinahe flüsternd hinzu. »Dreh dich um und sieh mich an, los. Los, Phil. Dreh dich um und sieh mir ins Gesicht. Sieh mich an, los.«
»Ich habe zu tun.«
Während ich das sagte, hielt ich den Kopf so tief gesenkt, daß mein Kinn die Brust berührte. Sie lachte mich aus. Sie hat sehr spitze, vorstehende Schneidezähne. Ich sah sie vor meinem inneren Auge, der bloße Gedanke versengte, verbrannte mich. Sie stieß mir wieder scharf ihre Stockspitze ins Kreuz. »Los, Phil, los. Los.«
Und ich blendete ihren Spott aus, arbeitete, wie ich gesagt hatte, war beschäftigt, arbeitete, pflanzte, grub. Schnell, geschäftig. Fünf Pflanzen, dann vier. Dann waren noch drei Pflanzen übrig, nur drei, und nachdem ich die gesetzt hatte, würde ich mich umdrehen und ihr entgegentreten müssen, und sie würde voller Schadenfreude feststellen, daß ihre Nähe mich versengte, daß ich rot war wie eine Rübe, dunkelrot. Zwei Pflanzen übrig. Eine Pflanze.
Ich drehte mich um. Aber Saleem sah mich nicht an. Sie glich einem verhangenen Reptil, ja, immer noch einem Reptil, aufgerichtet, bereit zu zischeln, sich wiegend, aber plötzlich konzentrierte sie sich nicht auf mich, sondern starrte über meine Schulter an mir vorbei in Richtung Museum, auf dieses schwarze Gerippe. Ich dankte Gott für das Museum. Das war eine Haut, die sie vor langer Zeit abgestreift hatte, die sie aber immer noch gelegentlich inspizierte, beschnupperte, über die sie immer noch nachgrübelte.

Ich wandte mich wieder ab, strich mit den Handflächen die Erde glatt, zerkrümelte Erdklumpen zwischen den Fingern, klopfte, machte sie mürbe. Und nach noch einer Minute oder länger war ich rot angelaufen, rot und reif und leuchtend wie eine Mohnblume. Blut. Mein Fluch.
Man muß wissen, daß ich errötet bin, bevor ich laufen oder sprechen konnte. Die Augen anderer Menschen bedrängen mich und machen mir angst. Vielleicht, weil ich zu gut über andere denke, vielleicht auch, weil ich nicht gut genug über mich selbst denke. Meine Schulzeit war eine Tortur, meine Teenagerjahre fielen ins Wasser, und als ich älter wurde, war mein einziger Rückzug, mich zu verkleiden. Mädchen tragen grünschattiertes Make-up. Das hilft offensichtlich, Erröten zu verbergen. Ich ließ mein Haar wachsen, eine Fülle von Locken, die über mein Gesicht fallen, meine Ohren bedecken, die immer zuerst kribbeln, stechen und heiß werden. Ein ordentlicher, einigermaßen gleichmäßiger Bart – über die Wangen, den Hals hinunter – hilft, bloßes Fleisch zu beschützen. Ich bin der Affenmann. Ich bin der Eremit vom Berg. Ich bin Scott aus der Antarktis nach einer sehr langen Expedition.
Doug sagte mir einmal in einem unbeschwerteren Moment, mein Gesicht gleiche einer Vagina – alles Locken, Haare, aufgeworfene rosa Lippen und direkt darüber eine kleine Nase. Schamlippengleich – zart gefaltet. Danach wußte ich, daß ich nicht nur mir selbst komisch vorkam, verletzlich wie eine Wellhornschnecke, deren Gehäuse aufgebrochen worden ist, sondern daß ich auch für andere komisch war, daß ich komisch aussah.

Alles ist so vollständig, so perfekt. Eine Sonne, ein Mond, ein Kreis, ein Zyklus. Vielleicht denke ich zuviel. Vielleicht denke ich zuwenig. Saleem weiß das alles. Sie wittert es. Sie sieht es mit ihren gelben Augen.

»Was ist das?« fragte sie plötzlich und zeigte mit ihrem Stock. Ich folgte seiner Verlängerung. Rechts neben dem Museum sah ich in der Ferne Doug, der etwas trug, das aussah wie ein kleiner Baum.

»Doug.«

»Was macht er da?«

»Weiß ich nicht. Er arbeitet.«

»Hör auf! Egal. Ich meine nicht Doug. Ich meine das dort...« Sie zeigte wieder in diese Richtung und setzte hinzu, »eine Pflanze. Im Gebäude. Im Museum.«

Ich kniff die Augen zusammen. Es war zu weit, um wirklich etwas erkennen zu können.

»Eine Pflanze«, beharrte sie, »die sich hochrankt, wo früher der Schornstein war.«

Ich sah wieder hin, erkannte nichts, aber erinnerte mich vage – der Park, seine verschiedenen Abschnitte, jedes Detail mir mitten ins Herz geätzt –, ich sagte, »Ich glaube, es ist eine Passionsblume. Sie wächst in der Asche und in der Holzkohle.«

»Was für eine Pflanze ist das?«

»Eine Kletterpflanze. Sie hat eine schöne Blüte. Weiß und sehr dekorativ. Auf Jamaika gedeiht eine Variante, die Grenadilla genannt wird. Doug weiß vielleicht mehr darüber.«

»Ich wette, sie wächst aus meinem Bein«, sagte sie. »Meiner Haut und meinem Fuß. Genau dort ist wäh-

rend des Feuers der brennende Balken heruntergestürzt, genau an dieser Stelle.«
Ich starrte sie an. Sie war krank. Sie rieb ihren Kniestumpf und lächelte. Mich schauderte.
»Wozu ist sie gut?«
»Sie wirkt ähnlich wie Morphium, beeinflußt die Blutzirkulation und erhöht die Atemfrequenz. In der Homöopathie macht man sich ihre narkotische Wirkung bei der Behandlung von Ruhr zunutze. Auch gegen Schlaflosigkeit. Manche Arten werden bei der Behandlung von Hysterie eingesetzt und bei Hautentzündungen.
»Ja? Wie?«
»Ich weiß es nicht genau. Entweder werden die Beeren getrocknet, oder man kocht die Wurzeln. Irgend etwas in der Art.«
Saleem begann mit ihrem Stock ein Muster in den grauen Kies zu zeichnen, der den Weg bedeckte.
»Ich muß dir etwas erzählen, Phil. Heute morgen beim Frühstück habe ich mich mit Doug unterhalten. Nun rate mal, worüber wir gesprochen haben.«
Ich drehte mich nicht um, aber ich schüttelte den Kopf.
»Wir sprachen über die Lücken. Sagt dir das etwas?«
Ich sagte leise, »Es sagt mir gar nichts.«
»Wie bitte?«
Saleem. Meine Peinigerin. Ich drehte mich um. »Ich weiß es nicht.«
»Gut«, sagte sie. »Also, Doug hat diese Theorie, warum London nicht funktioniert. Es hat etwas mit den Postbezirken zu tun. Er hat diese Theorie, daß

London nicht funktioniert ... Hat er dir schon mal davon erzählt?«

Ich schüttelte den Kopf.

»Oh, es wird dir gefallen. Es wird dir gefallen. Sie geht so: Doug sagt, in der Natur verlaufe alles kreisförmig, verstehst du? Die Natur funktioniert so, wie irgend so ein Winter-Frühling-Sommer-Herbst-Winter-Ding. Wie die-Sonne-folgt-dem-Mond-und-die-Erde-umkreist-den-Mond-Ding. Irgendwie orientalisch. Seit neuestem fährt er voll auf diese Sachen ab. Auf alle Fälle hat Doug jetzt entschieden, die Stadt London sei ebenfalls eine Form von Leben, eine Art komplexes Bakterium, und deshalb sollte alles zusammenpassen. Aber unglücklicherweise ...« Sie betonte das Wort, bis es vor Gift triefte. »Unglücklicherweise, Phil, kann London wegen der Lücken nicht richtig funktionieren. Hast du davon schon mal gehört?« Ich schüttelte den Kopf, obwohl es sich seltsamerweise plötzlich doch vertraut anhörte. Doug. Kreise. Doug. Die Lücken. Es klang vertraut.

Saleem hatte einen Kreis in den Kies gemalt. »Das ist London«, erklärte sie, während sie ihn schloß. Sie zog eine horizontale Linie durch den Mittelpunkt des Kreises und teilte ihn in zwei Hälften. »Und das ist die Themse. Das also ist London, alles hängt mit allem zusammen. Und das sind die Postbezirke, ja?« Sie zeichnete sie ein. »Wir haben eindeutig Nord-London, eindeutig West-London, wir haben eindeutig Süd-London ...« Während sie sprach, deutete sie, und ich konnte hören, wie die Kiesel aneinanderrieben und -schlugen.

»Aber genau hier ist das Problem. Hier sind die Postbezirke von Südwest-London und von Südost-London; sie treffen sich irgendwo in der Mitte, was bedeutet, es gibt keinen Süden. Und darüber regt Doug sich auf. Außerdem gibt es noch ein Problem. Es gibt den Nordwesten und den Südwesten und den Südosten, aber keinen Nordosten. Noch eine Lücke. Keinen klaren Süden und keinen Nordosten. Und laut Doug ist das der Grund, warum London nicht zusammenkommt. Das ist der Grund, warum London nicht funktioniert. Die Dinge sind nicht richtig miteinander verknüpft. Verstehst du, worauf ich hinaus will, Phil?«

Ich nickte.

»Verstehst du, Phil, die Stadt ist am Arsch wegen dieses kleinen Problems mit den Postbezirken. Und darüber macht Doug sich Sorgen. Er grübelt über die Lücken nach, Phil.«

Ich hörte auf, in der Erde zu wühlen und drehte mich um.

»Und wo liegt das Problem? Warum erzählst du mir das alles?«

Saleems Augen traten fast aus den Höhlen. »Weil Doug langsam aber sicher vollkommen verrückt wird. Am Freitag muß er zu dieser Sitzung. Unsere ganze verdammte Zukunft hängt davon ab, und er wird einfach verrückt. Er ist verrückt.«

Ich wandte mich wieder ab.

»Sag etwas!«

»Er wird okay sein.«

»Nein, er wird nicht okay sein. Und das ist das Allerschlimmste. Du scheinst entschlossen zu sein, zu ignorieren, was direkt vor deiner Nase vorgeht. Er ist verrückt geworden. Ich weiß es. Ich lebe mit ihm in einem Haus. Und zufällig hat mich niemand gefragt, ob mir das paßt. Er ist einfach eingezogen, fertig. Ich kapiere die ganze Geschichte, aber kein Mensch interessiert sich für meine Sicht der Dinge.«

Saleem scharrte die Postbezirke wieder weg und ebnete den Kies für ein neues Design: einen großen Phallus. Mittelalterlich. Einen halbmetergroßen Phallus, der von ihrem Westen aus nach Norden zeigte, von meinem Süden nach Osten. Er zeigte, entschied ich, auf Ray, der weit entfernt seine Grube aushob.

»Doug ist in Ordnung.«

»In Ordnung? Mein Gott! Du hast ja keine Ahnung«, stellte sie, jetzt ärgerlich, fest, und ihre Augen verengten sich zu Schlitzen. »Du bist so mit dir selbst beschäftigt. Hier gehen Dinge vor, von denen du keine Ahnung hast. Persönliche Dinge. Mit Doug ist alles ein Geheimnis. Du weißt nichts von Mercy und dem Durchfall. Du weißt nichts von diesem Wahnsinnigen, diesem Chinesen, der überall herumschleicht und alles vergiftet. Durch all diese Haare siehst du überhaupt nichts. Du siehst absolut nichts.«

Mit Hilfe ihres Stocks hievte Saleem sich auf. Sie kommt zugegebenermaßen gut zurecht ohne ihr Bein; wenn sie will, ist sie gelenkig.

»Und Tatsache ist«, sagte sie, »daß ich weiß, daß du diesen Park liebst. Er bedeutet dir etwas. Du bist genauso davon abhängig wie ich. Aber du wirst niemals etwas tun, du wirst niemals handeln. Du schläfst, bist einfach blind. Wendest dich nach innen.«

Ich war überrascht, so plötzlich und so rasch mit Saleem auf einer Wellenlänge zu sein. Ein seltsames Gefühl.
»Dann vergiß es«, sagte sie und klang geschlagen und, beinahe sofort, trotzig. »Sieht so aus, als müßte ich es übernehmen«, murmelte sie und wandte mir den Rükken zu. »Ich, Saleem. Ich werde diejenige sein, die alles retten muß. Ray ist zu dumm. Und du bist einfach ein Nichts, ein Klacks. Und Nancy ...« Sie lachte. »Ich bin diejenige«, bemerkte sie düster und stakste davon, »paß nur auf.«

Das ist also das Problem, sagte ich zu dem Auspuff von Nancys Lastwagen. Der Park muß noch vier Monate unterhalten werden, und wir sind so gut wie pleite. Am Freitag trifft Doug in Enfield mit der Parkverwaltung zusammen, um unseren Vertrag zu verlängern.
Dougs Äußerungen zu seinen Plänen waren kryptisch. Er sprach von Projekten, großen Projekten, die er vorhabe, aber er hat sie weder mit mir noch mit Ray diskutiert, hat uns nicht in seine Pläne eingeweiht. Saleem glaubt, daß es ihm mittlerweile egal ist, daß er langsam aber sicher den Verstand verliert, daß er beinahe zu allem fähig wäre. Jetzt hat er seine Frau und sein Zuhause verlassen. Es will mir nicht aus dem Kopf – ich glaube, Doug ist wie ich und hängt sein Herz zu sehr an alles. Aber bei Doug weiß man nie. Er gibt nichts preis. Seine Lippen sind versiegelt. Wie Saleem

sagt, er hat sich in sich selbst zurückgezogen. Er ist undurchdringlich.
Und natürlich haben wir mit Ausnahme von Saleem alle Angst vor ihm. Vielleicht sogar Saleem. Er wird stärker und stärker. Manchmal blicke ich in seine Augen und sehe die ganze Welt hineinströmen – Licht und Farbe und Natur und Geschichte. Gott allein weiß, wozu er fähig ist.
Mein einziger Trost ist, daß ich wenigstens glaube zu wissen, wozu er imstande. Ich kenne die Grenzen. Es gibt keine.
Und aus genau diesem Grund liebe ich Doug. In seiner Riesenhaftigkeit sehe ich meine eigene Kleinheit gespiegelt, und da wir so gegensätzlich sind, sind wir beinahe gleich.
Ich bin vierunddreißig Jahre alt und nicht einmal imstande, eine Unterhaltung zu führen. Ich bin windelweich und leicht zu durchschauen und habe nie wirklich an etwas geglaubt außer an das, was ich tue. Meine Arbeit, diesen Park. Und ich mag Pflanzen; ich kann sie zum Wachsen bringen. Und ich mag den Himmel, wie er ohne Grenzen höher und höher steigt, und ich habe noch nie ein Mädchen geküßt. Und ich bin in Nancy verliebt.
Wenigstens glaube ich das, wenn auch aus all den falschen Gründen. Ich liebe Nancy, weil sie mir nie in die Augen sieht. So ist sie. Mit ihren Gedanken immer woanders. In ihrem Blick ist etwas, was kein Ziel hat, was nicht bedrängt. Ich bin in ihrem Kopf nur eine Stimme, deshalb bin ich in Sicherheit, es ist eine sichere Liebe. Sie ist nämlich nicht wie andere Mädchen.

Nancy ist unsere Fahrerin. In ihrem Leben gibt es zwei große Leidenschaften: ihren Lastwagen zu fahren und den Lastwagen selbst. (Ein Leyland DAF Roadrunner, »Lastwagen des Jahres, als er herauskam«, wie sie mir stolz erzählt. Sieben Tonnen Silber, Metall und Diesel.)

Außerdem läuft Nancy gerne. Sie hat einen Körper wie eine Wespe, so klar definiert und fest umrissen. Wenn sie will, kann sie unter Umständen sehr gemein werden, aber das ist selten. Sie ist eine Mann-Frau, eine Amazone, ein Outlaw. Im Handschuhfach ihres Lastwagens hat sie eine kleine silberne Pistole, sie raucht schlanke Zigarillos, trägt Jeans, die über den Knien abgerissen sind. Ihre Muskeln an Armen und Beinen sind geschmeidig wie Sahne, ihre Sonnenbräune ist auf der einen Körper- und Gesichtshälfte dunkler als auf der anderen, Fernfahrerbräune.

Im Sommer trägt sie ein kurzes, ledernes Oberteil. Ihre kleinen Brüste springen vor wie zwei Damaszenerpflaumen, beben, wenn sie den Lastwagen parkt, vibrieren in den niederen Gängen und sind still, wenn der Motor still steht. Sie ist eine wiedergeschaffene Suzi Quatro, eine Joan Jett im Verbindungschaos. Schwierig und schräg.

Sie ist stark. Sie hantiert mühelos und schnell mit der Ladung. Sie fordert die Leute gern heraus, sie kann es sogar mit Ray aufnehmen; sie beherrscht die Grundlagen von Judo, kann Fußball, Baseball und Basketball spielen. Bei Motorradunfällen hat sie sich beide Arme, beide Beine, das Schlüsselbein gebrochen. Das hat sie mir selbst erzählt.

Sie ist mit winzigen blonden Härchen bedeckt wie ein Kaktus: Gesicht, Arme, Beine. Sie reflektiert das Licht, und ihr Schweiß, wenn ihr heiß ist (ihr ist immer heiß), formt sich zu Perlen und verwandelt ihren Körper in ein seidiges Gespinst, so schmuckvoll, wundersam, eines der Weltwunder, in dieser Welt, ganz und gar nicht von dieser Welt.
Nancy.

Nancy stellte ihren Motor ab.
»Ich bin erledigt«, sagte sie und starrte an meinem Ohr vorbei in die Ferne. »Mein Blinker ist hinüber. Ich werd es Doug beichten müssen. Er wird in die Luft gehen.«
»Was ist passiert?«
»Keine Ahnung. Irgendein Typ ist aus der Parklücke gefahren, und ich hab ihn nicht gesehen. Auf halber Strecke nach Southend. Ich war nicht gut drauf. Zu gestreßt. Einfach idiotisch. Es ist mir auf dem ganzen Heimweg nicht aus dem Kopf gegangen. Dritte Schadensmeldung in zwei Monaten. »Hier ist die Zeitung«, sie klatschte mir einen *Guardian* hin, »das war alles, was sie an der Tankstelle noch hatten.«
»Steht was drin?«
»Nee.«
Ich rollte die Zeitung zusammen, steckte sie in meine hintere Hosentasche und sagte, »Wir treffen uns gleich in der Küche. Brauchst du Hilfe beim Abladen?«
»Nein. Ich werd schon allein fertig. Besser, ihr fangt ohne mich an.«
»Warum?«

»Doug geht in die Luft, wenn ich ihm von dem Zusammenstoß erzähle. Das halte ich im Moment nicht aus.«
»Willst du, daß ich es ihm sage?«
Sie kletterte aus ihrer Kabine. »Würdest du das tun? Wenn es geht? Wenn er guter Laune ist? Sonst sag besser nichts.«
»Geht in Ordnung.«
»Wirklich?«
»Klar.«
»Danke, du bist ein Schatz.«
Sie rollte ihre Hemdsärmel auf und ging, die Laderampe ihres Lastwagens runterzulassen.

Ray war in der Küche und machte gerade einer Packung Ingwerkekse den Garaus. Er bot mir die Packung an.
»Nein, danke. Hast du Doug gesehen?«
»Er telephoniert.«
Ich fing an, Tee zu kochen. Saleem erschien in der Tür.
»Das ist schon in Ordnung, Ray, die gehören mir, aber bedien dich ruhig.«
»Tut mir leid.« Er legte die Packung hin und strich sich verstohlen ein paar Krümel aus dem Bart.
»Laß mich das machen.« Saleem schob sich an mir vorbei, nahm die Teekanne, hob den Deckel ab und spähte hinein. »Doug spült sie nie richtig aus.«
Ich nahm die Zeitung aus meiner Hosentasche, faltete sie auseinander, hielt sie mir vor die Nase und fing an zu blättern. Auf Seite drei, in der Reuters-Spalte, waren mit blauer Tinte zwei kleine Meldungen angestrichen.

Ich sah genauer hin. Die erste hatte die Überschrift DAUMENSALAT und lautete folgendermaßen:

> Einer Krankenschwester, die in einem Salat zum Mitnehmen eine Daumenspitze fand, wurden 200 Pfund Entschädigung ausgezahlt. Rebecca Pothecary, die das Essen bei Anthony's Take-Away auf der Tottenham Street im Londoner Zentrum gekauft hatte, »fühlte, wie sich etwas ihrem Biß widersetzte«, wie sie vor dem Richter in Clerkenwell sagte. Die Sandwich-Bar wurde zu einer Strafe von 60 Pfund verurteilt wegen Nichtbeachtung der Hygienebestimmungen.

Jenseits meiner Zeitungsmauer hörte ich, wie Ray leise, vorsichtig wieder nach den Ingwerkeksen griff; das Rascheln der Verpackung, seine Finger, die hineintasteten, sein Fingernagel, der einen Keks erwischte und sachte herauszog. Saleem wandte ihm den Rücken zu und war damit beschäftigt, den Wasserkessel zu füllen, den Deckel aufzulegen. Ich hörte, wie das Wasser im Kessel schwappte.
Die zweite Meldung, die genau unter der ersten angestrichen war, hatte die Überschrift 100-TAGE-PROTEST. Sie lautete:

> Peter Hawes hat sich gestern den hundertsten Tag in seiner Raststätte verbarrikadiert. Mr Hawes, 48, protestiert gegen den Verwaltungsentscheid, die Raststätte Guyhirn in Cambridgeshire zu schließen, wo er seit vielen Jahren für Reisende gekocht hat.

Ray hatte den Keks jetzt zwischen den Zähnen und biß vorsichtig darauf. Ich hörte das Knirschen des Zukkers, dann ein unaufdringliches Mahlen, eine kurze Stille; erneutes Knirschen, weiteres Mahlen. Saleem stöpselte den Stecker des Kessels in die Wand und knipste den Schalter an. Ich wartete darauf, daß das Wasser zu gurgeln anfing, wartete, daß Saleem Rays Mahlen auffallen würde, wartete, daß Ray sich verschlucken und hinunterschlucken würde, aber alles, was ich plötzlich hörte, war Stille, als wäre jedes Geräusch verschwunden, aufgesogen, ausgelöscht worden. Ich wollte eine Seite meiner Zeitung umblättern, aber es gelang mir nicht. Mein Blick blieb vor mir an den Worten hängen *fühlte, wie sich etwas ihrem Biß widersetzte,* den Worten *fühlte, wie sich etwas widersetzte,* den Worten *fühlte ... widersetzte,* den Worten *fühlte fühlte ... fühlte.*

Doug stand im Türrahmen. Doug stand neben mir.

»Phil.«

Fühl. Sämtliche Geräusche kehrten überstürzt zurück. Auf der Stelle. Doug stand da, und er war kleiner, als ich ihn in Erinnerung gehabt hatte. Er hatte die Hände in den Hosentaschen, und er lächelte.

»Wenn das unsere Sitzung ist«, sagte Doug, »unser geschäftliches Treffen, was macht sie dann hier?« Er wies mit dem Kopf in Richtung Saleem. Saleem reagierte schnippisch. »Darf ich jetzt nicht einmal mehr in meine eigene Küche?«

Doug lächelte immer noch. »Das ist nicht deine Küche, Saleem. Das ist unsere Küche. Das Haus gehört dem Unternehmen. Du hast einmal hier gearbeitet, das ist richtig. Du hattest ein gewisses Recht, hier zu wohnen, solange du Kuratorin warst. Aber das Museum existiert nicht mehr, du hast keine Funktion mehr. Du bist hier geduldet, du bist hier seit Jahren geduldet, weil du nur noch ein Bein und das andere bei einem Brand verloren hast; du tust mir leid, und Ray tust du leid, und auch Phil tust du leid. Aber das hier ist nicht deine Küche. Es ist unsere Küche, und wir erlauben dir, sie zu benutzen. Daran solltest du dich erinnern. Würdest du jetzt bitte gehen?«

»Zum Teufel mit dir, Doug«, sagte Saleem ruhig. »Weißt du, was eine Grenadilla ist?« fragte sie und klang nicht im geringsten aus der Fassung gebracht.

»Ja, ich weiß, was eine Grenadilla ist.«

»Ich habe mein Fleisch für diesen Park gegeben«, flüsterte sie. »Und du, was hast du zu geben?«

Doug sagte nichts. Er sah sie aufmerksam an und sagte dann, »Geh.«

Saleem lachte. Ich hielt die Zeitung näher vors Gesicht, als sie an mir vorbeischwang. »Und was machst du?« fragte sie spitz, »Ißt dieses Ding?« Aus der Nähe roch sie wie Brunnenkresse. Pfeffrig. Ich faltete die Zeitung zusammen, und mein Gesicht brannte. »Wenn es dir nichts ausmacht«, fügte sie hinzu, »leihe ich sie mir.«

Sie schnappte sich die Zeitung und schwang hinaus.

Doug füllte die Küche aus. Ray ist massiger – doppelt so dick – ,und ich bin ziemlich groß und haarig, aber Doug hat Persönlichkeit. Doug hat Rückgrat, er ist eine sprichwörtliche Wirbelsäule. Ray und ich sind schleimige, wässrige Geschöpfe, die noch auf den Wellen reiten, aber Doug ist bereits ans Ufer geklettert.

»Wo ist Nancy?« fragte Doug.
»Keine Ahnung. Phil?« Ray sah mich an.
»Draußen, beim Abladen.«
Doug lehnte sich gegen die Spüle. »Nancy muß gehen«, sagte er. »Die Versicherung hat mich gerade angerufen. Sie hatte heute morgen schon wieder einen Unfall. Hätte beinahe zwei Menschen umgebracht. Ihre Schuld.«
Ray und ich starrten einander an.
»Wir können uns die Versicherungsprämien nicht mehr leisten«, erklärte Doug. »Sie steigen und steigen, völlig unkontrollierbar. Wir müssen Klarschiff machen. Bevor wir nicht Klarschiff gemacht haben, wird nichts funktionieren. So einfach ist das.«
»Und dann noch etwas«, fügte er hinzu und erwärmte sich allmählich für sein Thema. »Sie hat die Versicherung erst auf der Heimfahrt angerufen und hat ihnen gesagt, sie würde die Differenz selbst bezahlen, auch noch etwas mehr, wenn sie es uns nicht erzählen würden. Wenn sie es mir nicht erzählen würden. Das hat mir der Mann am Telephon gerade gesagt.«
»Ich sehe nicht ein, warum sie das nicht hätte tun sollen«, sagte Ray kühn.
Doug ignorierte ihn. »Sie hätte nichts davon verlauten lassen, kein einziges Wort.«
Ich hätte beinahe etwas gesagt, aber als ich den Mund aufmachte, kam nur ein Husten heraus.
»Das ist Täuschung«, sagte Doug. »Wir können ihr nicht trauen. Sie ist ein Risikofaktor.«
»Ich mag sie«, sagte Ray fröhlich. »Sie ist in Ordnung.«

Doug nahm Ray ins Visier. »Ray, du hast den Geschäftssinn eines Wirsings.«

Ray lächelte. »Stimmt. Ich verstehe, was du meinst, Doug.«

Nach einer kurzen Pause sagte ich, »Ich finde, wir sollten eine Weile abwarten, bevor wir uns entscheiden. Darüber nachdenken. Später abstimmen. Vielleicht sollten wir jetzt vor allem über die Sitzung am Freitag nachdenken.«

»Das ist unter Kontrolle«, sagte Doug hochmütig. »Ich will, daß Nancy verschwindet. Ich kann mit dieser Art von Täuschung nicht umgehen, ich kann so nicht arbeiten. Ich sage es ihr ins Gesicht, wenn sie hier reinkriecht. Kein Problem.«

»Es ist nur...« sagte ich. »Es ist einfach...«

»Eins nach dem andern, Phil«, sagte Doug gelassen. »Wir werden sie entfernen wie ein Geschwür. Wir machen ein wenig Klarschiff.«

Rays Gesicht fing an, sich zu bewegen, sich zusammenzuziehen, als hätte er einen Gedanken, der sich in seinen fetten Backen entwickelte, dort anschwoll, sich ausdehnte und ihn ausfüllte.

»Doug«, sagte er, als dieser Gedanke schließlich eine Stimme fand, eine kleine Stimme, »Doug, wir alle finden, daß du es vielleicht in nächster Zeit etwas langsamer angehen lassen solltest...«

Doug starrte Ray seelenruhig an, nahm Rays rosige Lippen und seinen gelben Bart in sich auf, seine vielen Kinne, das Grübchen in seiner Wange.

»Du wirst allmählich wahnsinnig, Fettsack, du bist wahnsinnig, wenn du glaubst, ich müsse es langsamer angehen lassen. Ich fange nämlich gerade erst an. Ich mache Bestandsaufnahme, Fettsack. Ich sehe große Dinge, und ich sehe sie besser, als ich sie je gesehen habe. Besser denn je.«

Ray schaute auf seine Hände. Zehn Finger, alle voll funktionsfähig. »Mmh. Gut«, sagte er. »Es ist nur, daß Phil ...«

Doug drehte sich um. »Phil?«

Ich kratzte mich am Nacken, mein Gehirn war leer und voller Blasen. Die Küche ist ein kleiner Raum, der seit Jahren nicht mehr renoviert worden ist. Über dem Herd ist die Tapete vom Küchendampf völlig vergilbt. Die grauen Bodenfliesen sind voller Spuren, Fußspuren, Schlamm- und Katzenspuren.

»Gibt es etwas, was du mir sagen möchtest, Phil? Irgend etwas? Die Sitzung am Freitag? Irgend etwas, von dem du denkst, daß ich es nicht im Griff habe? Willst du mir etwas sagen?«

Es stimmt nicht ganz, daß ich nichts hätte sagen *können*, es ist eher so, daß ich nicht wirklich etwas zu sagen *hatte*. Was waren schließlich meine Beweise? Doug führte sich seltsam auf, aber wenn man darüber nachdachte, war er immer schon jähzornig gewesen, unausgeglichen, unberechenbar. Es war weniger etwas Besonderes, irgendeine spezielle Tatsache oder ein Detail, das mich belastete, als vielmehr ein Gefühl, eine Empfindung.

Saleem hatte gesagt, wir seien in gewisser Weise miteinander verbunden, sie und ich, wir beide, vereint gegen Doug, weil Doug über Lücken nachdachte und darüber, Lücken zu schaffen. Und Nancy ... Nancy ...

Ich dachte gerade an all diese Dinge, als ich plötzlich eine Stimme hörte, die sagte, »Ich liebe diesen Park, Doug. Ich liebe ihn.« Es war meine eigene Stimme. Blut schoß mir ins Gesicht. In meiner Brust fühlte ich ein Stechen.

Dougs Gesicht verzog sich zu einem breiten Grinsen. Seine Zähne glichen Grabsteinen.

»Phil«, sagte er lachend, »ich gehe ins Gewächshaus. Muß mich ein wenig mit meinem großen Gemüse unterhalten.«

Und weg war er.

Sobald Doug verschwunden war, schlüpfte Saleem wieder herein. Sie legte ihren Stock auf den Tisch, zog einen Stuhl heran und setzte sich.

»Und jetzt? Hat Nancy Ärger?«

Ray nickte. Sein Gesichtsausdruck war so traurig und verloren, daß es aussah, als bestünde Gefahr, daß seine Backen schmelzen und auf den Tisch fließen und tropfen könnten. »Oh Gott«, sagte er. »Ihr Timing ist alles andere als perfekt.« Ich wußte nicht, was ich dem noch hätte hinzufügen können. Schließlich sagte ich, »Wir müssen aufpassen, daß sich das alles nicht zu sehr aufbläst.«

»Nein?« Ray sah voller Hoffnung auf. »Glaubst du, es beruhigt sich wieder?«

»Mehr als wahrscheinlich.«

»Oh, halt den Mund, Phil«, schnappte Saleem. »Was zum Teufel weißt du denn schon?«

Meine Haut spannte sich. Ich sah auf meine Uhr. »Fast Feierabend.«

»Ich brauche was zu trinken«, sagte Ray, »und ein paar Päckchen Chips. Hast du Lust, mit in den ›Fox‹ zu kommen?«
Bevor ich antworten konnte, öffnete sich die Küchentür einen Spalt breit, und Cog spazierte herein. Cog ist der Parkkater, der sich wie ein Hund benimmt, halsstarrig und bissig, der Stöcke apportiert und dem ein Tritt oder eine Rauferei nichts ausmachen. Nancy war zwei Schritte hinter ihm.
»Cog und ich laufen zusammen eine Runde«, verkündete sie. Ihre Stimme war einen Tick zu laut.
»Hast du Doug gesehen?« fragte Ray nervös.
»Doug? Ja.«
Sie ging zur Spüle und wusch sich die Hände. Sie schien ruhig.
»Hat Doug etwas gesagt?« fragte Ray noch nervöser.
»Doug erzählt viel. Doug hat nicht alle Tassen im Schrank.«
»Doug ist von allen guten Geistern verlassen«, grinste Ray.
»Das mag sein«, sagte ich. »aber vor allen Dingen ist es Doug, der das hier alles zusammenhält.«
Als sie das hörte, merkte Saleem auf. »Das finde ich nicht. Du bist es und Ray, auch Nancy, die das hier alles zusammenhalten. Doug hält die geschäftliche Seite zusammen.«
»Das ist dasselbe.« Ich war mir dessen sicher.
»Ganz und gar nicht.«
Nancy trocknete sich die Hände an einem Geschirrtuch ab. »Ich gehe laufen«, sagte sie. »Komm, Cog.«

Sie klopfte sich mit der Hand auf den Schenkel, und Cog kam bei Fuß.

»Hat Doug nichts gesagt?« fragte Ray zum zweiten Mal. Nancy joggte langsam auf der Stelle, um sich aufzuwärmen. »Hat Phil dir erzählt, daß ich mit dem Lastwagen wieder einen Zusammenstoß hatte?« fragte sie Ray, immer noch sehr laut.

Saleem sprang für mich in die Bresche und sagte, »Doug wußte es bereits. Die Versicherungsmenschen haben ihn angerufen.«

»Ich habe gerade den Liguster abgeladen, als Doug vorbeikam und sagte, ich sollte ihn wieder aufladen«, sagte Nancy.

Mir fiel auf, daß Saleem Nancy genau beobachtete, sie anstarrte, doch während ihre Lippen lächelten, war in ihren Augen etwas ganz anderes, etwas Intensives, Hartes, Grausames.

»Liguster?« fragte ich, unfähig, mich zurückzuhalten. »Du hast Liguster abgeladen?«

Nancy nickte zerstreut. »Saubere kleine Büsche mit kleinen, dunkelgrünen Blättern. Eine ganze Tonne davon.«

»Du brauchst Phil nicht zu erklären, was Liguster ist«, sagte Ray mit einem düsteren Lächeln, »er ist der Pflanzenkönig.«

»Hör auf.« Mein Gesicht spannte noch mehr, und ich fing an zu leuchten.

»Ja, dann«, Nancy stopfte ihr T-Shirt in die Joggingshorts. »Ich gehe laufen«, und bevor irgend jemand etwas sagen konnte, hatte sie die Tür zugeknallt und war losgesprintet.

Saleem wandte sich an mich. »Er hat sie rausgeworfen«, sagte sie. »Und was wollt ihr beide dagegen unternehmen?«
Ray starrte in Richtung Tür, hinter Nancy her. Sein Gesichtsausdruck war undurchdringlich.
»Wir sollten das aussitzen«, sagte ich. »Doug wird Nancy nicht wirklich rauswerfen. Er läßt bloß Dampf ab.«
»Ich weiß nicht.« Ray schaute unsicher drein. »Ich meine, ich mag Nancy, und ich respektiere Doug. Ich mag sie beide. Aber sie haben beide Sachen gemacht und gesagt ... also, ich weiß nicht.« Ray nahm die Packung und aß noch einen Ingwerkeks.
»Was hat Nancy gesagt?« fragte Saleem und klang plötzlich interessiert. Ich wandte mich ebenfalls um, konzentrierte mich auf Ray, ein wenig herausgefordert von seinem offensichtlichen Überblick.
»Hm?« Ray hörte auf zu kauen.
»Was für Sachen?« insistierte Saleem.
»Sachen.«
Saleem sah mich an und sagte bissig, »Vielleicht solltest du hinter ihr herlaufen und ihr sagen, daß du und Ray euch was einfallen lassen werdet. Wenn Doug sie so einfach loswerden kann und ihr beide zu rückgratlos seid, etwas dagegen zu unternehmen, dann kann er meiner Ansicht nach jederzeit genausogut auf eure Dienste verzichten, wenn es ihm in den Sinn kommt.«
»Sie ist laufen gegangen.«
»Lauf hinter ihr her. Sieh zu, ob sie in Ordnung ist.«

»Vielleicht sollte lieber Ray gehen?«
»Ich nicht«, sagte Ray. »Ich bin nicht flink genug.«
Saleem lächelte Ray zu. »Außerdem müssen Ray und ich uns in aller Ruhe ein wenig unterhalten«, sagte sie.
Rays Augen traten ob dieser Aussicht fast aus den Höhlen. Ich lächelte in mich hinein und machte mich aus dem Staub.
Zehn Minuten später, nach einem oberflächlichen Gang durch die Teile des Parks, wo es am unwahrscheinlichsten war, daß ich Nancy finden würde – mein Gott, als ich das Haus verlassen hatte, war sie wahrscheinlich schon fast den Alderman's Hill hinauf –, und was hätte ich ihr auch schon sagen können, wenn ich sie einholte? Was konnte ich versprechen? Und wie konnte ich sicher sein, daß die Worte auch herauskommen würden? Ich konnte nicht sicher sein. Dann fand ich mich am größten See, passierte die Enten und betrat den Musikpavillon, wo ich mich in eine schattige Ecke setzte und den festen Entschluß faßte, dort zehn Minuten verstreichen zu lassen, ehe ich wieder zu Saleem und Ray ins Haus zurückkehrte.
Hier war es grün und kühl, zu meiner Linken schwappte das Wasser, und in einiger Entfernung hörte ich das Kläffen eines Cockerspaniels, der einem Ball hinterherrannte, das Auftreffen und das Zischen, als er den Ball fing und zurückbrachte. Zu meiner Rechten konnte ich einen der Tennisplätze und eines der Gewächshäuser sehen, und wenn ich den Hals reckte, konnte ich außerdem einen kleinen Mann in einem

weißen Hemd ausmachen, der Lockerungsübungen machte, sich beugte und streckte, beugte und streckte.
Und in dieser Ecke nahm ich einen verschwommenen Rhythmus wahr. Eine Schlaffheit. Und als ich die Lider über meine Augen senkte und mein Gesichtsfeld halbierte, fühlte ich im Bauch, in meiner Seele eine schreckliche Gewißheit, daß nichts die Dinge ändern konnte, wie sie waren. Es war nicht möglich, denn die Natur funktionierte nicht abrupt und plötzlich, sondern rhythmisch, zyklisch, in Kreisen. Und ausgerechnet Doug war sich dieser Tatsache bewußt. Und ich auch.
Dann landete plötzlich aus heiterem Himmel eine Handvoll Sand in meinem Gesicht. Ich blinzelte, schüttelte mich, dann landete links von mir ein Erdklumpen, gefolgt von einer kleinen Geranie, dann noch ein Erdklumpen.
Ich stand auf und sah zum ersten Mal, daß sich der unauffällige kleine Mann im weißen Hemd inmitten meines frisch bepflanzten Blumenbeets beugte und streckte, seelenruhig inmitten meines frisch bepflanzten Blumenbeets, und daß er Pflanzen herausriß und wegschleuderte. Meine neuen Geranien, die Spinnenpflanzen und andere. Hierhin und dorthin. Über ihm ein luftiger Bogen aus Erde.
Ich sprang vom Musikpavillon herunter und lief in seine Richtung. Als ich näher kam, sah ich, daß es ein Chinese war und daß er Kung-Fu-Kleidung trug. Er war älter, als ich gedacht hatte – sechzig oder so –, doch sein Haar war schwarz und sein Gesicht verhan-

gen, und etwas darin war furchterregend, welk und ganz und gar unangenehm.
Und doch stand sein Gesichtsausdruck in einem solch direkten Widerspruch zu seinem Körper, zu seinen Bewegungen, die sogar bei seiner momentanen Beschäftigung so fließend und schön waren wie die eines Seehundes. Während ich näher auf ihn zuging, taxierte ich seinen Körper und versuchte, meine Chancen auszurechnen, falls es zu einer physischen Auseinandersetzung kommen sollte.
Er war klein, aber kompakt und durchtrainiert und konzentriert; verdichtet wie ein Goldklumpen, ein Meteorit. Schmucklos wie ein Stein. Ich kam näher, aber er ignorierte mich. Ich sagte, »Entschuldigen Sie. Ich finde, Sie sollten besser aufhören.«
Sein Kopf bewegte sich kaum. »Verschwinde.«
Er war nicht nett. Seine Stimme hörte sich an, als würde ein trockener Korken im Flaschenhals gedreht. Eine verkrampfte Stimme.
Ich sagte noch einmal, »Ich möchte, daß Sie bitte sofort aufhören mit dem, was Sie hier machen.«
Er riß eine Geranie heraus, wog sie in der Hand, sah mir direkt ins Gesicht, zielte, und Zack! traf er mich mitten auf die Brust. Für eine Geranie hatte das eine ganz schöne Wucht. Ich trat ein wenig zurück, und da meinte ich, Doug unter der Tür seines Gewächshauses stehen zu sehen, und sogar auf diese Entfernung sah es so aus, als lächle er.
»Kennst du ihn?«
Quietschstimme. Ich wandte mich ihm wieder zu. »Wie bitte?«

Er zeigte in Dougs Richtung. »Kennst du ihn?«
»Wen? Doug?«
»Ich habe eine Nachricht für ihn.«
»Für Doug?«
»Weißt du, wer ich bin?«
Ich sah wieder zu Doug hin, aber er war verschwunden, weg. Ich vermutete, daß er sich zu seinen Tomaten zurückgezogen hatte.
»Weiß ich, wer Sie sind? Nein. Ich weiß nicht, wer Sie sind.«
»Ich bin Wu.« Er bot mir eine kleine, leicht verdreckte Hand. »Schütteln.«
Eilfertig bot ich ihm meine Hand. Er nahm sie und drückte sie, und sein Griff war aus Stahl.
»Wu! Wu!« bellte er leise. »Wie ein Hund, hm?« Und meine Hand zerkrümelte, zerquetschte, zerfloß.
»Lassen Sie bitte meine Hand los.«
Wu zog mich ganz nahe zu sich heran, so nahe, daß ich seinen Speichel auf meiner Haut spürte, als er sprach.
»Dein Freund«, sagte er. »Ich mag ihn nicht, und ich will ihn nicht in meiner Nähe. Ich will nicht, daß er mich beobachtet, verstanden? Ich fühle die ganze Zeit seine Blicke. Und du kannst ihm von mir ausrichten, daß ein Frosch sich nicht in ein grünes Blatt verwandeln kann.«
»Ich sage es ihm. Lassen Sie meine Hand los.«
Er lockerte seinen Griff ein wenig, zog mich noch näher zu sich heran, stellte sich auf die Zehenspitzen und flüsterte mir direkt ins Ohr, »Ich hoffe, ich habe dir nicht die Fingerknöchel gebrochen. Schließlich ließ er

mich nach einem weiteren leichten Druck los. Er wischte sich die Hände an der Kleidung ab und spazierte davon. Langsam, gelassen, leichten Schritts.
Ich sah auf meine Hand hinunter. Versuchte, die Finger zu bewegen. Ich konnte den Daumen bewegen, sonst nichts. Meine Finger waren dunkelrot, die Gelenke weiß. Die ganze Hand brannte. Ich rannte zum See hinüber und tauchte meine Hand hinein. Doch das Wasser bot keine Kühlung. Am Ufer war es warm wie Spucke. Ich zog meine Hand wieder heraus, hielt sie wie eine Trophäe vor mir in die Höhe und machte mich auf die Suche nach Doug.
Doug wässerte in seinem Gewächshaus die Tomaten. Dort war es warm, und es herrschte dieser satte Geruch nach feuchtem Kompost, der bei mir immer einen Niesreiz auslöst, ein schöner, reifer Geruch.
Doug wässerte seine Tomaten mit äußerster Behutsamkeit. Er wandte den Blick nicht von ihnen ab während er sprach.
»Er hat dich also erwischt, ja?«
Ich stand neben seinen Kürbissen und den Radieschen, die beide gut zu gedeihen schienen. Die Radieschen hatten bereits die Größe von Tennisbällen. »Ich glaube, er hat mir die Hand gebrochen.«
»Wu ist ein Teufel.« Doug kicherte und sagte dann: »Ich kann meine Augen nicht von ihm abwenden. Es ist mein Fehler, daß er das Beet zerstört hat. Ich kann nicht aufhören, ihn zu beobachten, und er hat mich gewarnt. Er wird wütend.« Er kicherte erneut.
Ich sagte: »Und ich habe ihn überhaupt noch nie gesehen.«

Doug ging weiter zum nächsten Strauch.
»Phil, jemand könnte sich hinhocken und dir auf den Fuß scheißen, du würdest es nicht bemerken.«
Ich ließ das durchgehen. Der Schmerz hatte mich kühn gemacht. Meine Hand tat so weh, daß ein anderes Gefühl kaum Platz hatte.
»Ich glaube kaum, daß du in Zukunft allzu viel mit diesem Mann zu tun haben willst, Doug.«
»Wu!« sagte Doug begeistert. »Hast du gesehen, wie er sich hier bewegt? Fließend. Wie Wasser. Als gehöre ihm der ganze verdammte Park. Und der Himmel. Eine ganz besondere Art, sich zu bewegen. Von innen nach außen. Rund. Eine spezielle, fernöstliche Art sich zu bewegen. Auf Zehenspitzen, aber sehr sicher.«
»Ich glaube, er hat mir die Hand gebrochen.«
Doug drehte den Schlauch ab. »Ich bin ihm gefolgt, seit ich in das Haus eingezogen bin. Er kommt frühmorgens in den Park, klettert über den Zaun, bevor wir überhaupt geöffnet haben, und vollführt diesen seltsamen, langsamen Tanz. Tai-Chi. Ich habe ihn beobachtet, bin sogar zu ihm hingegangen, um mich mit ihm zu unterhalten, aber er wollte nicht gestört werden. Ich glaube, ich habe seine Konzentration unterbrochen, deshalb bin ich ihm möglicherweise allmählich auf die Nerven gegangen«, erzählte Doug.
»Das hat er gesagt. Er hat mir aufgetragen, dir zu sagen, daß du ihm auf die Nerven gehst. Ich finde, du solltest ihn nicht mehr belästigen.«
Doug überlegte kurz, dann sah er mich zum ersten Mal an. »Diese plötzliche Gewalt«, sagte er fröhlich. »Mir gefällt das. Mir gefällt die Idee. Sie ist sauber.«

»Er hat das Blumenbeet zerstört. Ich habe den halben Nachmittag damit verbracht, es zu bepflanzen.«
»Er hat es gereinigt.« Doug war unbeeindruckt. »Ich wünsche ihm viel Glück. Ich habe für diesen Teil sowieso andere Pläne, ein paar große Ideen. Das Tüpfelchen auf dem i.«
»Aber im Moment ...«
»Und wenn ich von diesem harten kleinen Mann auch nur eine Sache gelernt habe«, sagte Doug, »dann ist es das, daß man im Leben eine Vision haben und nach ihr leben muß. Den restlichen Unsinn des Lebens kann man getrost vergessen.«
»Unsinn des Lebens«, echote ich verwirrt.
Doug nickte. »Kein Unsinn mehr. Nur Wahrheit.«
Dann ging er ein paar Schritte weiter, befühlte die hellen Triebe einer großen Zwiebel und sagte wie zu sich selbst: »Die hier wird riesig. Ich spüre es. Ich rieche es.« Er kratzte sich an der Nase. »Riechst du es, Phil?« Er sah zu mir herüber. »Du riechst es doch, oder?«
»Was soll ich riechen?«
Doug schnalzte ärgerlich mit der Zunge. »Du erkennst es nicht, Phil, nicht wahr? Du hast einfach keinen Blick für die wahre Logik einer Zwiebel. Eine Lage in noch anderen Lagen. Ein Kreis. Wie ein Irrgarten. Ein Puzzle. Nichts fehlt. Keine Lücken. Ganz einfach.«
Meine Hand war inzwischen angeschwollen. Sie war geschwollen wie ein aufgetriebener Fisch. »Wenn er mich noch einmal angreift«, murmelte ich, »dann rufe ich die Polizei.«
Doug redete weiter mit seiner Zwiebel. »Eine Lage in noch anderen Lagen.«

»Doug, wegen Nancy ...«
»Wer andern eine Grube gräbt, fällt selbst hinein, Phil. Nancy hat ihre Grube gegraben. Sie ist hineingefallen.«
»Trotzdem ...«
Doug wurde langsam grimmig. »Ich will es groß, Phil, und ich will es perfekt. Groß, perfekt, sauber, wahr. Nicht nur den Park. Alles. Das Ganze. Das Geschäft, die Gespräche, die Ideen. Groß, sauber, perfekt, wahr. Nichts Matschiges, kein grünes Obst, nichts Unreifes, kein schlammiges Wasser.«
Ich sah meine Hand an.
»Ich bringe das Beet morgen früh in Ordnung«, sagte ich, »bevor wir aufmachen. Ich glaube nicht, daß ich mit meiner geschwollenen Hand jetzt etwas tun kann.«
Doug scheuchte mich mit einer Handbewegung davon. »Geh, Phil, geh weg. Ich bin mit dieser Zwiebel beschäftigt. Hier gibt es Arbeit zu erledigen.«
Ich zögerte.
»Phil«, bellte Doug. »Verschwinde. Hier muß aufgeräumt werden. Und damit meine ich nicht nur Unkraut jäten und pflanzen, verstanden?«
Ich nickte. Ich räumte das Feld.

»Wo ist Ray?«
Saleem war allein in der Küche. Sie hatte Cog auf dem Schoß und streichelte ihn. Sein Schnurren hob beinahe das Tischtuch.
»Er ist in den Pub gegangen. Ich nehme an, du hast Nancy nicht gefunden?«

»Nein.«

»Verdammt. Deine Hand ist ganz geschwollen. Was hast du gemacht?«

»Ich habe sie im Rasenmäher gequetscht.«

»Du hast Rasen gemäht?«

»Ich habe den Rasenmäher weggeräumt.«

»Ist er kaputt?«

»Nein, der Mäher ist in Ordnung.«

Sie schubste Cog von ihrem Schoß hinunter. »Laß mich mal sehen.«

Ich wich einen Schritt zurück. »Er ist in der Scheune. Ich habe ihn für die Nacht weggeschlossen.«

Sie sah mich an, ohne zu lächeln. »Glaubst du ernsthaft, ich wollte dir wehtun?«

»Mir wehtun? Nein.«

Ich besah das Vorderteil meines Hemdes. Wus Geranien-Attacke hatte ihre Spuren hinterlassen.

»Setz dich, Phil. Ich will mit dir reden.« Saleem zog einen Stuhl heran und deutete darauf.

»Ray erwartet mich. Vielleicht gehe ich mit meiner Hand in die Ambulanz.«

»Setz dich. Scheiß auf Ray. Scheiß auf deine Hand.«

Ich setzte mich, aber auf die Stuhlkante, damit sie begriff, daß ich nicht bleiben würde.

»Also«, Saleem lehnte sich gegen den Tisch. »Gehen wir einmal vom Schlimmsten aus...«

Ich studierte meine Hand. Sie tat immer noch scheußlich weh. Ich dachte über den Schmerz nach.

»Wenn Doug noch unberechenbarer und noch jähzorniger wird, als er es ohnehin schon ist, dann können

wir ihn am Freitag unter keinen Umständen zu dieser Sitzung gehen lassen.«
»Er muß gehen. Das kann sonst niemand.«
»Du könntest.«
»Doug muß gehen. Ich kann nicht.«
»Warum nicht?«
»Ich kann einfach nicht. Doug braucht unsere Unterstützung. Wir müssen dafür sorgen, daß er ausgeglichen ist, sonst gar nichts.«
»Ha!« Saleem lehnte sich triumphierend zurück. »Dann hast sogar du gemerkt, daß etwas los ist. Sogar du hast es endlich gemerkt.«
»Ich will nur sagen …«
»Geh vom Schlimmsten aus.«
»So weit wird es wohl kaum kommen.«
»Wenn Doug nicht gehen kann, dann hast du keine andere Wahl, als selbst hinzugehen. Ray ist ein Vollidiot. Du weißt, wie der Park funktioniert.«
»Aber mit der geschäftlichen Seite habe ich überhaupt nichts zu tun. Das ist Dougs Gebiet.«
»Du müßtest dich einfach mit ein paar wichtigen Aufgaben vertraut machen. Mehr nicht. Ich könnte dir dabei helfen.« Sie zeigte auf eine der Küchenschubladen. »Da ist alles drin. Die Papiere, die Rechnungen, die Quittungen, die Bücher. Alles, was wir brauchen.«
»So weit wird es nicht kommen.«
Saleem stand auf. »Ich habe etwas für dich. Es ist zwar fünf vor zwölf, aber vielleicht hilft es.« Sie nahm ihren Stock und verschwand aus der Küche.
Cog kam und strich um meine Füße. Meine Fingerknö-

chel fühlten sich an, als wüchsen sie. Dehnten sich aus. Ich schaute mich um, und mein Blick blieb neben der Spüle an einem Geschirrtuch hängen. Ich stand auf, nahm es, befeuchtete es mit kaltem Wasser und versuchte, es um meine Hand zu wickeln. Saleem kam zurück.

»Was machst du da?«

»Ich versuche, das hier um meine Hand zu wikkeln.«

Saleem hielt ein Buch in der Hand. Sie legte es auf den Tisch und kam zu mir herüber. Sie griff nach dem Geschirrtuch, wrang es aus und band es fest. Ich zuckte zusammen. Der Schmerz und ihre Nähe verursachten mir Übelkeit.

»Setz dich.«

Sie drückte mich auf den Stuhl zurück und nahm das Buch vom Tisch auf. Es hatte einen roten Umschlag.

»Siehst du? Sie hielt mir das Buch hin. Es hatte den Titel ›Ich bin nicht wütend, ich bin verletzt‹ und war von Dr. John Sledge. »Weißt du was, Phil?«

»Was?« Ich wünschte, das Buch hätte keinen roten Umschlag. Nicht rot.

»Du bist nicht wütend, Phil, du bist verletzt.«

Ich inspizierte meine Behelfsbandage. Ich sagte, »Ich glaube, eigentlich bin ich ein bißchen von beidem.«

Saleem ignorierte das.

»Nach dem Unfall bin ich zu einem Psychiater gegangen«, sagte sie. »Nachdem das Museum abgebrannt war und ich mein Bein verloren hatte.« Sie hielt einen Moment inne und grinste. »Dabei fehlte mir nicht das

Geringste. Aber aus irgendeinem Grund hat der Quacksalber mir dieses Buch gegeben. Vieles darin ist natürlich Scheiße. Das meiste davon. Aber es steht auch was drin, was uns vielleicht helfen könnte, Phil. So ungefähr wie das Innere einer Nuß.«

»Ein Kern.«

»Genau.«

Sie blätterte in dem Buch und schlug es auf bei Kapitel vier. »Wie ich mich fühle, wie du dich fühlst.« Sie hielt mir das Buch hin. »Lies das.«

Ich klappte das Buch zu und sagte, »Ich lese es später. Ich glaube, ich sollte jetzt besser gehen und mich mit Ray treffen.«

»Es ist eine schnelle Lösung«, sagte Saleem ungerührt, »und wenn du am Freitag zu dieser Sitzung gehen willst, dann brauchen wir eine schnelle Lösung, denn wir beide wissen, daß du nicht den Mut aufbringen wirst, dich ohne göttliche Intervention vor fünf Leuten aufzubauen und unseren Vertrag unter Dach und Fach zu bringen.«

»So weit wird es nicht kommen.«

»Vielleicht doch.«

Sie nahm das Buch wieder und schlug es auf. »Der wichtigste Punkt laut Sledge ist der: Nicht *was* im Leben passiert, macht uns kaputt, sondern unsere *Interpretation* der Ereignisse. Verstehst du? Wenn man sehr sensibel ist, ist es demnach nicht immer so, daß tatsächlich schlimme Dinge passiert sind, sondern daß sie dir schlimm erscheinen. Es ist also alles nur eine Frage der richtigen Relationen, kapiert?«

Ich drückte meine wunde Hand ein wenig, um mich

durch den Schmerz abzulenken. Eine Art Anästhetikum.

»Hier steht auch, wie man das macht. Kapitel vier. Genau hier. Kognitive Verhaltenstherapie. Cool, ruhig, selbstbewußt. So was wie ... Rhythmusübungen und so. Atmen.«

Ich kratzte meinen Bart. »Hat Ray gesagt, daß er im ›Fox‹ ist?«

Saleem sah von ihrem Buch auf. Plötzlich war sie nicht mehr so umgänglich, wie sie scheinbar gerade noch gewesen war.

»Du solltest mir besser zuhören, Phil. Ich verarsche dich nicht. Ich sage dir nur, wo es langgeht, und daß es ein scheiß-harter Trip werden wird.«

Ihr Zorn schlug mir ins Gesicht wie heiße Luft aus einem Fön. Heiß. Trocken. Sie sah wieder auf das Buch. »Man muß die Dinge ins rechte Verhältnis zueinander setzen. Und das muß schnell gehen, nicht mehr und nicht weniger. Leicht wird es nicht.«

Cog sprang neben sie auf den Tisch. Er war kaum gelandet, als sie ihn mit einem kräftigen Schwung auch schon wieder hinunterbeförderte. Er rutschte, als er auf den Fliesen landete.

»Du und ich, wir gehen jetzt gemeinsam zur Apotheke auf der High Street, und du wirst hineingehen, an die Theke, und wirst mit lauter, klarer Stimme den Verkäufer nach einem Päckchen extrakleiner Kondome fragen.«

Ich schüttelte den Kopf und starrte auf die Fliesen.

»Das klingt vielleicht blöd, aber es hat einen Grund...«

»Das mache ich nicht.«
»Es ist eine Therapie. Du bringst dich absichtlich selbst in Verlegenheit. Gehst an deine Grenze. Überwindest dich. Übernimmst in peinlichen Situationen die Kontrolle und nimmst ihnen so ihren Stachel.«
Stachel. Saleem. Cog stand neben der Küchentür. Ich wollte an Cogs Stelle sein. Ich wollte Cog sein. Ich schüttelte den Kopf. Draußen hörte ich etwas. Schritte. Das Öffnen einer Tür, metallisches Klimpern. Der Motor von Nancys Lastwagen sprang an.
Nancy. Ich sah auf in Richtung Fenster. Saleem sah mich an. Ich wich ihrem Blick aus. Und dann hörte ich über dem Brummen des Motors ihre flüsternde Stimme. Tiefer als der Lastwagen und brummiger. Sie sagte, »Du hängst an diesem Park, und du hängst an Nancy, aber du hast nicht den Mumm, deswegen etwas zu unternehmen. Du kriegst den Mund nicht auf. Nicht einmal das tust du. Diese eine Kleinigkeit. Und ich würde meinen verdammten Körper dafür geben und Doug seine verdammte Seele. Aber du, du gibst gar nichts.«
Saleem warf mir das Buch in den Schoß, nahm ihren Stock und ließ mich allein. Ich hörte die Haustür zuknallen. Draußen hörte ich weibliche Stimmen. Und Geflüster.

Ray saß auf einem Hocker an der Bar bei seinem dritten Bier, als ich im ›Fox‹ ankam. Der Pub war nicht allzu voll, auch wenn Ray Manns genug ist, einen ganzen Raum zu füllen. Seine Arme sind wie riesige Lauchstengel, weiße Lauchstengel mit Artischockenpfoten am Ende, einer Faustvoll Finger, die er mit dramatischem Effekt hin- und herzappeln läßt.

Ich zog mir einen Hocker heran. Ray betrachtete meine Hand.

»Hat Nancy das getan?«

»Nein.«

»Saleem?«

»Ich muß dir was sagen, Ray.«

Er sah auf, überrascht von meinem entschiedenen Ton.

»Was?«

Ich überlegte kurz. »Ich glaube, wir müssen uns wirklich Mühe geben, damit Doug sich nicht aufregt. Vor allem in den nächsten Tagen.«

»In Ordnung.«

Ich lächelte. Mit Ray ist es so einfach. Ich setzte hinzu, »Außerdem finde ich, daß wir Saleem nicht zu sehr in die Parkangelegenheiten hineinziehen sollten.«

Ray schien sich plötzlich unbehaglich zu fühlen, er rutschte auf seinem Hocker hin und her.

»Saleem ist bereits ganz schön mitten drin.«

»Dann darf sie eben nicht noch weiter reingezogen werden, mehr meine ich gar nicht.«

»Nein.« Ray nahm einen Schluck von seinem Bier.

»Doug geht es gut.«

Ray nahm noch einen Schluck. Er schmatzte mit den Lippen. »Du hast recht«, sagte er. Er bestellte ein Bier für mich, bezahlte und reichte es mir. Während er das tat, sagte ich beiläufig, wie zufällig, »Und der Chinese ...«

»Wu.«

»Du weißt von ihm?«

Ray wußte. Er wußte. Es stellte sich heraus, daß Ray ins Vertrauen gezogen worden war, daß er Informationsschnipsel gesammelt hatte, ein unaufmerksamer Beobachter.

Die Menschen haben das Gefühl, Ray könne man vertrauen. Sie vertrauen seiner Doofheit, seiner Weichheit, seiner wunderbaren, harmlosen Nachgiebigkeit.

Sie erwähnen Ray gegenüber Dinge und wissen, daß kein Urteil gefällt, in der Höhle von Rays Gehirn nicht abgerechnet, keine strenge moralische Hypothese aufgestellt oder verkündet werden wird.

Ray ist ein Schwamm. Ray ist natürlich, ist vor allem (und wie könnte es anders sein?) er selbst.

Mir dämmerte etwas. So etwas wie Scham. Mir erzählt niemand etwas. Kein Mensch erzählt mir irgend etwas. Nicht aus freien Stücken. Mein Kopf ist voll mit anderen Dingen, mit mir selbst, so daß niemand sich je die Mühe macht, mir etwas anderes zu erzählen.

»Kein Mensch hat mir davon erzählt, Ray«, sagte ich schließlich in einer Gesprächspause. »Mir gegenüber hat niemand etwas davon erwähnt.«

»Du hast Glück«, entgegnete Ray unbekümmert. »Du bist mit deinen eigenen Angelegenheiten beschäftigt. Du hast,« an dieser Stelle machte er zur Betonung eine Pause, »du hast hier oben ein verborgenes Leben«, er tippte sich an den Kopf.

»Und du nicht?«
Er grinste. »Ich habe all diese äußeren Geschichten. Das reicht.«
Als Ray das vierte Bier ausgegeben hatte, machte ich mir keine Sorgen mehr, reagierte nicht mehr schüchtern, wenn ich angesprochen wurde, war mir seines Blickes nicht mehr bewußt. Rays Augen waren wäßrig, unruhig; Kaulquappen im Gallert seines Gesichts.
»Du willst etwas über Wu wissen?« fragte er. »Wenn du über den Bescheid wissen willst, mußt du zuerst über Doug und Mercy und das Essen an ihrem Hochzeitstag Bescheid wissen.«
»So?«
Er nickte. »Weißt du, ich verstehe das Ganze selber nicht. Saleem hat etwas erwähnt, und dann hat Doug noch etwas anderes gesagt. Nicht, daß irgend etwas davon zusammenpassen würde. Nichts dergleichen. Aber ich schnappe immer wieder diese Informationen auf und verstaue sie irgendwo ...«
»Aber Wu ...«
»Erinnerst du dich noch, vor drei Wochen? Bevor Doug bei Saleem eingezogen ist? Bevor all diese seltsamen Geschichten angefangen haben? Dougs und Mercys dreißigster Hochzeitstag. Damit hat alles angefangen ...«
»Mercy und der Durchfall, Saleem hat so etwas erwähnt ...«
Ray nickte. »Genau. Hör zu. Du wirst es kaum glauben.«
Und langsam, mit lobenswerter Präzision entrollte Ray seine Leinwand und bedeckte sie mit Farben. Und jeder

Strich, jede Nuance war perfekt, sämtliche Teile seiner Erzählung fügten sich zusammen, jeder Abschnitt, jede Portion so sauber und geometrisch, jedes einzelne Element, ein Gleichgewicht. Als lege er exakte Rechtecke aus für einen brandneuen Rasen.

»Stell dir mal vor«, sagte Ray mit funkelnden Augen, »es ist Freitagabend, vor drei Wochen. Ein italienisches Restaurant. ›La Bruschetta‹ in Green Lanes. Doug hat sich für das Abendessen feingemacht. Jakkett. Krawatte. Mercy trägt ein neues Kleid. Doug hat den ganzen Tag an den Büchern für den Park gearbeitet. Es ist eng. Das Budget ist knapp ... naja, wen kümmert es, denn an diesem Abend gehen sie aus einem ganz besonderen Anlaß aus. Dreißig Jahre! Grund zum Feiern.

Also paß auf, was jetzt kommt, ist wichtig. Doug ist vollkommen glücklich. Vier Worte: Doug ist vollkommen glücklich! Natürlich hat er auch noch andere Dinge im Kopf, steht er unter Druck: die Arbeit, der Park, Geld, ihr Gasboiler geht möglicherweise kaputt ... aber okay, alles ist wunderbar, und der Kellner kommt an ihren Tisch, und sie bestellen ihre Vorspeisen.

Mercy bestellt Parmaschinken. Prima. Doug will gerade das gleiche tun – in kulinarischen Dingen richtet er sich immer nach Mercy, so ist das einfach bei den beiden –, dann wandert sein Blick weiter, er überfliegt die Speisekarte, und sein Blick bleibt an dem Wort ›Krabbencocktail‹ hängen. Er denkt: zum Teufel. Ich bin seit dreißig Jahren verheiratet. Zeit für etwas Neues. Krabbencocktail.

Doug sieht den Kellner an und sagt, ›Krabbencocktail, bitte.‹
Und Mercy starrt ihn mit merkwürdigem Gesichtsausdruck an. Er starrt zurück. ›Was ist los?‹ fragt er. ›Doug, warum hast du Krabbencocktail bestellt?‹ Er denkt nach. Er sagt, ›Brauche ich einen Grund?‹ Sie zuckt die Schultern.
Sie bestellen den Rest des Menüs, ihre Getränke, und der Kellner geht wieder. Gut. Außer daß Doug nicht umhin kommt, festzustellen, daß Mercys Gesichtsausdruck konzentriert und grimmig ist.
Die Vorspeisen werden gebracht. Doug legt los. Mercy starrt auf seine Krabben. Sie hat ihren Schinken noch nicht angerührt. Sie fragt, ›Doug, warum hast du Krabbencocktail bestellt, wo du doch weißt, daß wir nie Krabben essen?‹ Doug legt die Gabel hin. Er sagt, ›Na und? Wo ist das Problem?‹ Mercy sagt, ›Erinnerst du dich an unsere allererste Verabredung?‹ Doug überlegt. Er erinnert sich. Mercy sagt, ›Bei der Gelegenheit habe ich Krabben gegessen.‹ Doug ist perplex. Na und? Und er denkt über diese erste Verabredung nach.
Die Wahrheit ist – und daran erinnert er sich –, daß er Mercy nicht besonders mochte, als er sie zum ersten Mal traf. Es gab keinen bestimmten Grund, aber zwischen ihnen sprang einfach kein Funke über, wenigstens nicht von seiner Seite, und er glaubt fest an diesen Funken. Er ist sehr romantisch, auch wenn man sich heute sehr anstrengen muß, das zu glauben.
Egal, er erinnert sich an ihre erste Verabredung vor dreißig Jahren. Erinnert sich jetzt wieder deutlich

daran, daß es anfangs, auf dem Weg zum Restaurant, wirklich schleppend lief und er sich gefragt hatte, warum er mit der Verabredung einverstanden gewesen war, und er dachte daran, daß seine Eltern und Mercys Eltern sich kannten und daß Mercys Bruder mit ihm im selben Kricketclub war, und an all diese Dinge.
Und dann erinnert sich Doug mit einem Lächeln, daß während des Essens etwas passiert war, etwas Merkwürdiges, vollkommen Unerwartetes. Sie waren beim zweiten Gang, sie hatten sich unterhalten und plötzlich, aus heiterem Himmel, erkannte er, daß Mercy gescheiter war, als er gedacht hatte, witzig und nervös, daß sie diese Unruhe hatte, diese Lebhaftigkeit. Die Kerze auf dem Tisch flackerte und beleuchtete ihr Gesicht, und sie war schön. Schön.
In dieser Sekunde wußte Doug, daß der Funke da war. Genau da, in seinem Herzen. Und sie war nicht aufdringlich, sie war nicht langsam, sie war nichts von all den Dingen, die er geglaubt hatte. Sie war prima, nervös, geheimnisvoll, ein Vollblut.
Doug erinnerte sich. Dreißig Jahre. Er grinste in sich hinein. Er nahm seinen Löffel. Mercy funkelte ihn an. Er legte den Löffel wieder hin. Und jetzt? Wo lag das Problem? ›Ich hasse Krabben, Doug‹, sagte Mercy leise. ›Bei unserer allerersten Verabredung hatte ich Krabben als Vorspeise, und sie hätten beinahe alles verdorben.‹
Du kannst dir vorstellen, daß Doug sie angestarrt hat als wäre sie verrückt geworden. ›Wirklich, Doug‹, sagt sie. ›Ich habe Krabben gegessen, und sie brachten mir die schnellste, schlimmste und heftigste Lebensmittel-

vergiftung bei, die ich je gehabt habe. Wie ich dieses Essen überstanden habe, weiß ich nicht. Mein Magen war ein Vulkan, mein Kopf stand in Flammen. Ich konnte kaum noch die Gabel halten.‹

Peng! Plötzlich klickt und surrt es in Dougs Gedanken, er spult zurück und läßt alles in Zeitlupe noch einmal ablaufen.

Und er begreift, ihm dämmert, es überfällt ihn, daß Mercy nicht die Frau ist, für die er sie gehalten hat. Sie war nicht die Frau, in die er sich verliebt hatte. Er verliebte sich – und je nach dem, wie man es sieht, ist das das Beste oder das Schlimmste – in eine kleine Dosis Staphylokokken. Das sind zufällig Bakterien.

Verstehst du, Mercy war nicht diese lebhafte Frau, dieses flüchtige, zarte, nervige Vollblut. Sie war eine langweilige Person mit einer Magenverstimmung. Aber Doug hatte das damals nicht mitbekommen. Er war der Angeschmierte. Er war hereingefallen. Peng! Einfach so. Doug hatte sein Haus auf Sand gebaut. Doug hatte eine Lüge gelebt. Es war vorbei. Das war's. Er ist noch in derselben Nacht ausgezogen.«

»Ray«, sagte ich, »ich habe noch nie so viel geballten Schwachsinn gehört.«

Ray ließ sich nicht aus der Ruhe bringen. »Später habe ich Mercy getroffen«, sagte er, »sie hat sich die Augen ausgeheult, weil Doug zu ihr gesagt hat, sie sei nie die gewesen, für die er sie gehalten habe. Sie hat es einfach nicht kapiert, und ich habe es auch nicht kapiert. Das habe ich auch zu ihr gesagt. Ich sagte: ›Er leidet an einem Anfall von Geistesstörung. Männer um die fünfzig werden manchmal komisch.‹ Sie sagte, ›Frauen werden auch komisch, aber sie machen deswegen keinen solchen Wind.‹ Ich sagte, das sei fair, mehr konnte ich dazu auch nicht sagen.«

»Gibt es sonst noch Neuigkeiten?«

Ray seufzte. »Saleem glaubt, das Problem sei weitreichender. Das Riesengemüse im Gewächshaus. Seine Besessenheit mit dem Musikpavillon. Wu. Sie glaubt, Doug habe seltsame Ideen über Religion und Wahrheit und Kultur, und die Sache mit Mercy sei nur ein Teil davon. Sie sagt, sie hört, wie er nachts Selbstgespräche führt, ganze Unterhaltungen nur mit sich allein. Sie sagt, er habe ihr Sachen erzählt wie zum Beispiel, daß Ereignisse immer kreisförmig verliefen, daß sich alles von Innen nach Außen wenden müßte und daß jede Aktion wahrhaftig sein müßte und direkt. Er bleibt für sich und tut geheimnisvoll, aber er hat auch Sendungsbewußtsein. Man könnte meinen, dies alles unter einen Hut zu bekommen wäre schwierig, aber Doug scheint es hinzukriegen.

Auf jeden Fall behauptet Saleem, wenn er sich länger als fünf Minuten mit jemandem unterhält, dann falle es auf, daß er gestört ist. Sehr gestört. Sie sagt, daß er unmöglich am Freitag zu dieser Sitzung gehen kann, denn es ist klar wie Kloßbrühe, daß er verrückt ist wie ein Hutmacher. Wir würden den Vertrag nicht verlängert bekommen.«

»Vergiß Saleem, Ray«, sagte ich. »Doug hat den Kopf möglicherweise voller merkwürdiger Gedanken, aber bis jetzt hatte das noch keine direkte Auswirkung auf uns. Ich bin sicher, daß wir die Sache mit Nancy in den zwei Wochen ihrer Kündigungsfrist hinbiegen können.

Er wird sich wieder fangen. Und wir haben keinen Grund zu glauben, die Sitzung könnte schiefgehen. Es ist alles eine Sache der Verhältnismäßigkeit.
Und wenn stimmt, was Doug sagt, daß die Dinge kreisförmig verlaufen, dann wird er irgendwann wieder der Alte sein. Vielleicht sogar bald, wenn es keine Aufregungen gibt.«
Ray seufzte wieder, noch tiefer diesmal. »Also stimmt, was Saleem über dich gesagt hat«, stellte er aus heiterem Himmel fest, »du bist ein Mann von Integrität.«
»Was?«
Ray seufzte noch einmal. »Ich könnte ein paar Chips vertragen«, murmelte er, und dann, »vielleicht hast du recht. Vielleicht sollten wir einfach auf Zeit spielen und versuchen, die Dinge zueinander im rechten Verhältnis zu halten. Und vielleicht hat Doug auch recht mit den Kreisen, und alles kehrt irgendwann zu seinem Ausgangspunkt zurück. Man kann nie wissen. Das Leben ist sonderbar, nicht? Man weiß nie, was als nächstes kommt.«
Ray leerte schwungvoll sein Bier und bestellte drei Päckchen Chips, Geschmacksrichtung Räucherspeck.

Auf dem Rückweg vom Pub testete ich die Lebensfähigkeit meiner Hand. Zuerst versuchte ich, die Finger mit Hilfe meiner unverletzten Hand umzubiegen, dann versuchte ich es ohne Unterstützung, als nächstes versuchte ich so etwas wie eine halbe Faust, und schließlich zog ich Dr. John Sledges ›Ich bin nicht wütend, ich bin verletzt‹ aus der Jackentasche und probierte, ob ich meine Finger darum legen und das Gewicht tragen konnte. Nachdem ich diese abschließende Aufgabe halbwegs geschafft hatte, entschied ich, die Situation, was meine rechte Hand anging, sei nicht so schlimm, wie es anfangs ausgesehen hatte.

Mein Zuhause ist das Erdgeschoß eines hübschen Hauses in der Bromfield Road, das in zwei Wohnungen aufgeteilt worden ist. Die Straße verläuft entlang der südlichen Parkgrenze. Die Wohnung gehörte einmal meiner Großmutter, und jetzt gehört sie mir. Dementsprechend hat sie ein Ambiente von staubigem, altem Chintz und Samt, aber sie hat auch etwas Spartanisches, wie das Zuhause von jemandem, der von den Arten und Möglichkeiten der Inneneinrichtung ambivalente Vorstellungen hat. Und obwohl ich meinem Instinkt nach ein kleines, scheues, schläfriges, glücklich zurückgezogenes Wesen bin, das sich selbst genügt, werde ich in geschlossenen Räumen klaustrophobisch und bevorzuge Orte ohne Dach, wo es nur den Himmel gibt, und zwar einen hohen Himmel.

Ich hielt Dr. Sledge in der Hand und schwang meinen Arm. Ich schnupperte an dem Geschirrtuch, das immer noch feucht war, aber inzwischen etwas angetrocknet, und modrig, robust, lebendig nach Schweiß roch. Mit meiner gesunden Hand fummelte ich nach den Schlüsseln. Und dann sah ich sie. Auf meiner Schwelle.

Saleem funkelte mich an. »Wo zum Teufel hast du gesteckt? Ich bin schon zweimal hier gewesen. Ich warte schon seit Stunden, verdammt noch mal.«

Saleem saß, widersinnigerweise, auf meiner Türmatte. War sie ein Produkt meiner Phantasie? Ein Traum? Ein häßliches Gespenst? Ein aufdringlicher Luftgeist? Eine Elfe?

Ich testete meine Stimme. Sie hielt. »Was machst du denn hier?«

Sie war immer noch ärgerlich. »Wir müssen reden. Jetzt.«

Ich war plötzlich müde. »Kann das nicht warten? Würde es dir was ausmachen?«

Sie schüttelte den Kopf. »Es kann nicht warten. Mach die Tür auf und laß mich rein. Ich erfriere.«

Es war eine warme Nacht. Ich wollte die Tür nicht aufmachen. Wenn ich sie hereinließe, würde sie vielleicht nie wieder gehen, würde einziehen, sich einfach einnisten wie im Haus des Parkverwalters. Sie hatte diese klebrige, haftende Qualität, die auch in der Wäsche nicht herausging.

»Du bist besoffen«, murmelte sie, während sie beobachtete, wie ich nach den Schlüsseln suchte.

»Ich hatte drei Bier und bin vollkommen nüchtern.«

»Echt gut in einer Krise. Greifst zuallererst nach der Flasche.«

Ich zog die Schlüssel heraus. »Es gibt keine Krise, und ich bin nicht betrunken.«

»Laß mich deinen Atem riechen.« Unaufgefordert, unerwartet schob sie ihr Gesicht nahe an meines heran, schnupperte, grinste und benutzte dann die Gelegenheit, mich kräftig in die Nase zu beißen.
»Oh, verdammt.« Warum tat sie das? Ihre Zunge war eine Viehpeitsche. Sie war eine Giftspritze, die mich besabberte.
Sie kicherte. »Mach auf. Laß mich noch länger hier warten, und ich fick dich in den Arsch mit meinem Stumpf. Und denk daran«, setzte sie hinzu, »ich mußte die ganze Zeit auf einem einzigen Bein stehen, das ist doppelt ermüdend.« Sie klopfte mit ihrem Stock gegen meine Schienbeine.
Sie, Saleem, hat die Fähigkeit zu beleidigen, tödlich zu verletzen. Das hasse ich an ihr. Ich würde sie im Gegenzug auch gerne verletzen, aber ich habe es einfach nicht in mir. Ich würde ihr gerne weh tun, ihr anderes Bein unter ihr wegstoßen, wenigstens einmal.
Ich öffnete die Tür. Sie drängte an mir vorbei und schwang sich in die Küche, riß die Backofentür auf und drehte den Gashahn voll auf.
»Was tust du da?«
»Mich vergasen. Was glaubst du? Mir ist kalt. Gib mir ein Streichholz.«
»Wenn du ihn anmachen willst, dann benütz die Zündung.«
»Ich will ein Streichholz. Mir ist kalt. Gib mir auf der Stelle so ein verdammtes Streichholz, oder ...«
Sie war kaltblütig. Eine amberfarbene Mamba. Ich gab ihr das Streichholz und sagte, »Dreh es zuerst ab. Mach nicht einfach ...«

Wumm! Aus dem Backofen schoß ein Wust blauer Flammen. Saleem rührte sich nicht, zuckte nicht zurück. »Ja! Ich liebe das.«
Sie starrt eine Weile in die Flammen und grinste. Das Licht erhellte ihre Iris. Dann löste sie den Blick, blinzelte, zog einen Stuhl heran und setzte sich.
»Okay«, sagte sie.«Du weißt also nicht, warum ich hier bin. Vielleicht glaubst du, ich sei hergekommen, um deine Wohnung zu loben. Ich bin noch nicht einmal bei dir zu Hause gewesen. Du hast mich nie eingeladen.« Sie sah sich in der Küche um. »Ja, nicht schlecht. Wenn sich die Situation im Park nach Freitag verschlechtert, könnte ich mich hier gut einrichten. Bräuchte mich gar nicht zu sehr einzugewöhnen.«
Sie lächelte, offensichtlich äußerst zufrieden mit dieser Ankündigung, und wartete auf eine Antwort.
Ich antwortete nicht. Ich fragte, »Wo liegt das Problem?«
»Mach mir 'nen Tee.«
»Es ist spät.«
»Mach schon, ich erfriere.«
»Es ist beinahe Mitternacht. Ich möchte gern ins Bett, wenn du nichts dagegen hast.«
»Mach mir eine Tasse Tee, dann begleite ich dich.«
»Ich hab keine Milch.«
»Gut.« Sie stand auf, nahm ihren Stock vom Tisch. »Laß uns ficken.«
Meine Schläfen pochten. Ich atmete einmal tief durch, dann noch einmal. »Warum bist du hier, Saleem?«
Sie grinste mich an, grub ihre Hand in die Tasche ihrer großen Jeansjacke und zog ein Blatt Papier heraus.

»Siehst du das? Sie hielt es mir hin. Ich nahm es mit meiner gesunden Hand. »Nancy hat es für Doug auf den Küchentisch gelegt. Es stammt aus der Gärtnerei in Southend, wo sie heute gewesen ist.«

»Und?«

»Lies, du Idiot.«

Ich sah es mir an.

»Siehst du?« sagte sie aufgeregt. »Liguster!«

Sie stieß mich mit dem Ellbogen in die Rippen. »Liguster!« erklärte sie noch einmal. Ich habe die ganze Zeit etwas ganz anderes verstanden. Etwas wie ›Muster‹. Doug hat die ganze Zeit von ›Muster‹ gesprochen, aber ich habe es einfach falsch verstanden, verstehst du? Er meinte Liguster.«

Saleem war verrückt.

»Nein, versteh ich nicht.«

Ich verstand allerdings, daß Doug von dem Zeug buchstäblich eine Tonne geordert hatte. Er hatte ein Vermögen dafür ausgegeben. Dreihundert Pfund, von denen ich sicher war, daß der Park sie nicht besaß.

Saleem beäugte mich fragend. »Und ich dachte die ganze Zeit, der Park sei bankrott, und ihr könntet euch kaum noch das Benzin für den Rasenmäher leisten.«

»Schon gut«, sagte ich ruhig. »Ich habe schon so etwas geahnt.« Meine Worte klangen nicht richtig.

Saleem schnaubte. »Phil, du bist so verdammt leicht zu durchschauen. Wie ein Stück Plastikfolie.«

Ich faltete die Rechnung zusammen und gab sie ihr zurück.

»Liguster, Muster«, spekulierte sie, »irgendwie schon ein Unterschied.«

»Das ist nicht zu bestreiten.«
Sie schob ihr mageres Gesicht nahe an meines heran. »Doug ist im Begriff, etwas ganz Dummes anzustellen, und er wird es bald tun, und es wird alles auf den Kopf stellen.«
Wenn ich an dieser Stelle einen Schritt zurückgewichen wäre, wäre ich im Backofen gelandet. Warme Luft an der Rückseite meiner Beine ließ mich bereits kribbelig werden.
»Und wo wärst du ohne den Park, hm? Und wo wäre ich? Wenn jemand Neues den Park übernähme, würde ich höchstwahrscheinlich rausfliegen. Niemand würde über meine Geschichte nachdenken. Nicht Fremde.«
»So weit wird es nicht kommen.«
Sie kam sogar noch näher. »Könnte es aber. Könnte es sehr wohl.«
Und ich spürte etwas Seltsames an meinem Bauch. Saleems Finger. Er hatte einen Weg gefunden durch eine Lücke in meinem Hemd, zwischen den Knöpfen hindurch, und bohrte kräftig, nachdrücklich in meinem Nabel. Dann rotierte er, als wäre ich eine aufziehbare Maus, und sie zöge mich auf.
»Ich muß dir nur schnell sagen«, flüsterte sie, »wie ich es sehe. Es ist so, ja: Wir sind alle auf einer Welle über die Wasseroberfläche gesurft, wir hatten einen guten Stand, und die Zeit ist ziemlich angenehm vergangen. Aber jetzt sind wir plötzlich alle von unseren Brettern ins Meer gefallen. Wir schlucken Wasser, es ist eiskalt, es ist naß, es ist salzig, und wenn wir zum Luftholen hochkommen, fühlt es sich ganz anders an. Ganz anders. Gar nicht wie die Luft, in der wir frü-

her gesurft sind. Besser. Und jeder Atemzug, jeder Atemzug …«
Ich stieß sie zur Seite. »Hör auf!«
Sie betrachtete einen Moment ihren Finger, schnüffelte daran und steckte ihn dann in den Mund, saugte daran, nahm ihn wieder heraus und sagte laut, »Pack diese Gelegenheit beim Schopf und mach das Beste draus.«
»Welche Gelegenheit?«
»Okay, gut.« Sie wurde plötzlich geschäftsmäßig. »Ich habe heute nachmittag gesagt, daß ich diejenige sein würde, die die Dinge verändert. Aber jetzt …« Sie zuckte mit den Schultern. »Ich vertraue dir die ganze Scheiße an, gebe sie an dich weiter. Für's erste.« Sie packte mich am Arm. »Willst du mich jetzt oder willst du bis morgen früh warten?«
»Was übergeben?«
»Du siehst ganz schön tot aus«, sagte sie, die Oberlippe gekräuselt, und ließ meinen Arm los. »Warten ist besser.«
Sie packte ihren Stock und schwang hinaus.

Donnerstag

Der Schlaf kam und ging wie eine Schnecke, die über meinen Bauch kroch. Ich wachte um fünf Uhr auf und lag noch immer halbangezogen im Bett. Neben mir zwei ungewöhnliche Bettgenossen. Einer war das Geschirrtuch, das sich den Arm entlang hochgeschoben hatte, wo es um meine Schulter und unter meiner Achselhöhle eine Bleibe gefunden hatte.
Der zweite war, unpassenderweise, das Buch von Dr. Sledge, das neben meinem Kopf auf dem Kissen lag. Ich stieß mit der Nase dagegen. Ich würdigte seine Röte. Ich streckte behutsam die Hand aus, nahm es, schlug es auf und blinzelte ihm zu. *Niemand kann die Welt mit den Augen eines anderen sehen*, schrieb Dr. Sledge, *nur mit den eigenen. Es ist in Ordnung, der zu sein, der man ist. Aber wir müssen versuchen zu mögen, wer wir sind. Wir müssen sicherstellen, daß Sie sich selbst mögen. Denn wenn Sie sich nicht mögen, wie soll es dann ein anderer tun? Und wenn Sie sich nicht kennen, wie können Sie dann von jemand anderem erwarten, daß er Sie kennenlernen will?*
Ich schaute auf den Anfang der Seite. Dort stand »Kapitel 2: Sich selbst kennen«. Ich klappte das Buch zu und untersuchte meine verletzte Hand. Sie war gequetscht und leuchtete in den vielfältigen Farben eines schönen roten Eichblattsalates. Purpur und rot und dunkles Blau. Grün an den Rändern und ein verschwommenes Gelb.

Ich lehnte mich zurück und versuchte nachzudenken. Es gab viel zu verarbeiten. Aber manchmal ist der Prozeß dieses Verarbeitens nicht so einfach und natürlich, wie er sein könnte. Dazu muß man wissen, daß mein Gehirn nicht so beschaffen ist, daß es Dinge leicht miteinander verbindet. Zugegeben, ich war der Empfänger eines großen, schmuddeligen Haufens von Informationen, doch das meiste davon waren Worte und Gefühle und Gerüchte, die mir nur wenig bedeuten, die mir nichts bedeuten, bevor ich nicht mit eigenen Augen Beweise gesehen habe.
Ein Großhändler würde meine Frage, ob die Stockrosensetzlinge, die ich gerade gekauft habe, alle dieselbe Farbe haben, wahrscheinlich mit einem Ja beantworten, aber wirklich sicher kann ich erst sein, wenn sie wachsen und blühen. Und ich bin nicht aus Mißtrauen oder Zynismus so. Ich bin einfach dumm und dumpf wie ein schläfriger Köter. Ich tue etwas und tue etwas und glaube an etwas, wenn ich es mit meinen eigenen Augen sehe. Erst dann. Nur dann.
Ich habe Kamillentee, den ich selbst gekocht habe, den ich selbst gezogen habe, den ich manchmal nachts trinke oder zur Entspannung. Ich stand auf und trank eine Tasse. Es schmeckte wie ein Bündel Heu. Ich zog meine Schuhe an und ging nach draußen, noch immer mit dem Gefühl, einen ganzen Bauerngarten auf der Zunge zu haben.
Es war frühmorgens. Ich war früher dran als sonst. Ich wollte einige Dinge überprüfen, Schwierigkeiten ausbügeln, glätten. Ich wollte sicherstellen, daß nichts Schlimmes passieren konnte, wollte versuchen, Doug

den Tag über in Watte zu packen. Ich hatte das Gefühl, es sei nötig.
Der Park war noch nicht geöffnet. Ich schloß mit meinem Schlüssel ein Tor auf und ging hinein. Es wurde langsam hell, als gewöhne sich der Himmel erst daran, daß die Sonne all ihre blassen Eingeweide über ihn ergoß. Keine Wolke, nur ein Dach im Firmament in der grauweißen Farbe von Spucke.
Es war so ruhig, und die Ruhe war wie ein Kuß. Weich und sanft, und alle Pflanzen erwachten in der sicheren Liebkosung dieses Schweigens, gähnten und streckten sich und schluckten den Tau. Sogar hier, sogar in der Stadt pumpte dieses kleine grüne Herz, pochte und flüsterte.
Ich nahm den Weg zur Scheune. Ich hielt einen Moment inne, sah hinüber zu Nancys Lastwagen, der an derselben Stelle parkte wie am vergangenen Nachmittag. Alles war still. Ich ging in die Scheune und holte ein paar Geräte heraus: eine Gabel, eine Hacke, eine kleine Kelle, und machte mich auf in Richtung des zerstörten Blumenbeets. Aber bevor ich das Beet erreichte, erreichte ich etwas anderes. Jemanden anders. Wu. In einer Ecke nahm er den ganzen Weg ein zwischen einem Rhododendronbusch und dem Kräutergarten.
Wu. Tanzend, wie man es mir erzählt hatte. In seinem weiten Gewand, ein Bein in der Luft, bewegte er sich langsam und drehte sich, sah aus wie ein Vogel, ein Reiher, die oberste Blüte einer Lilie, die, vom Wind berührt, verzückt ihren Nacken beugt.
Ich blieb wie angewurzelt stehen. Meine Hand zuckte

kurz, als erinnerte sie sich, als hätte verletztes Fleisch ein Gedächtnis. Wu hatte mich nicht gesehen oder ließ zumindest keine Anzeichen erkennen, daß er mich gesehen hatte, sondern fuhr mit seinen winzigen Bewegungen fort, begann, mit den Händen langsame, grandiose Buchstaben in die Luft zu malen, packte die Luft mit seinen Händen, setzte sie um, ordnete sie. Luft, nur Luft.

Ich kam wieder zu mir, schlüpfte durch den Steingarten, am See vorbei ans andere Ufer, und erreichte nach diesem kleinen Umweg mein Ziel. Ich stand mit dem Rücken zu Dougs Gewächshaus vor meinem ruinierten Blumenbeet.

Was veranlaßte mich, mich umzudrehen? Das Quietschen einer Türangel? Etwas Metallisches, das nicht das nahe Aneinanderklingen der Werkzeuge war, die ich in der Hand hielt? Nichts dergleichen. Eine kleine Botschaft. Eine Ahnung.

Und ich drehte mich um. Was veranlaßte mich, mich umzudrehen? Ich sah, daß die Tür angelehnt war. Die Tür des Gewächshauses. Das war das erste Zeichen. Die Tür war angelehnt. Mich schauderte bei dem Gedanken, daß diese Tür offengeblieben war, daß die warme Luft entkam. Ich ließ meine Geräte fallen und ging hinüber. Ich roch etwas. Fette Erde, Kompost. Pflanzensaft.

Ich zog die Tür weit auf und ging hinein, kontrollierte sofort, instinktiv, den Temperaturfühler zu meiner Linken. Cog strich um meine Beine und ließ mich wieder schaudern.

Ich sah mich um. Es war schrecklich. Alles war durcheinander, herausgerissen, umgewühlt. Matsch und Erde und Wasser. Erbärmliches Gemüse – diese Riesen, diese mit Protein vollgepumpten, übergroßen, angeschwollenen Geschöpfe – zerkratzt, zerhackt, zerquetscht und blutend, herausgerissen, kleingehäckselt und herumgestoßen. Auf dem Boden. Leichen, teilweise begraben. Zerstört. Ein Massaker.

Mein Gehirn arbeitete auf die ihm eigene Weise. Mir kamen nicht Vandalen in den Sinn, nur Doug, und daß jemand Doug sehr hassen mußte oder daß Doug sich selbst sehr haßte. Eine blöde Kette von Gedanken, als wäre mein Gehirn eine Trockenblumensammlung, reich verziert und komplex, aber nicht annähernd so gut wie das Original, die frischen Blumen.

Ich verließ das Gewächshaus wieder, machte die Tür hinter mir zu, verschloß sie. Was hatte das zu bedeuten? Wie konnte ich wissen, was es bedeutete, bevor ich nicht mit eigenen Augen sah, was es bedeutete? Und in der Ferne, hinter dem Kräutergarten und dem Rhododendronbusch, sah ich die leichtfüßigste, weißeste, boshafteste kleine Gestalt. Ich sah ihn.

Wann hob ich die Hacke auf? Ich kann mich nicht erinnern. Nur Wu. Ich sah ihn und fragte mich, ob er verrückt war oder nur anders. Dann stand ich neben ihm. Ich sah ihn. Wus Augen, die voller Himmel waren. Ich sah seine Augen. Ich sah mich selbst in ihnen. Und ich dachte ... das war also alles geschehen? Diese Schweinerei, dieser Wahnsinnige, Doug und all das? All dies war geschehen, während alles andere ebenfalls weiterging, der Frühling, der Sommer, die Regengüsse, die Blumen?

Plötzlich stand Nancy neben wir. »Phil.«
»Was haben Sie getan?«
Ich konnte Nancy nicht sehen, ich sah Wu an, sprach mit ihm. Ich funkelte ihn wütend an. Er schien nicht im mindesten betroffen. Sehr, sehr langsam holte er seine Arme und Beine vom Himmel herunter und brachte sie in eine Art Ruhestellung.
»Hm?«
»Wissen Sie, was Sie angerichtet haben? Wissen Sie das?«
Wu schien verblüfft. »Du willst, daß ich deine Fragen beantworte? Hm? Ja. Nein. Ja. Wie?«
Ich hielt die Hacke quer. Ich packte sie. Ich hielt nicht einmal inne, um mich zu fragen, was Nancy hier machte. Warum sie hier war.
Wu machte mehrere kleine Schritte auf mich zu und stoppte dann. Dann noch ein kleiner Schritt. Ich wappnete mich.
»Gib mir das«, sagte er und deutete auf die Hacke.
»Gib sie mir, Phil«, sagte Nancy, denn sie stand da, direkt neben mir, und hielt die Hacke fest und nahm sie mir weg. Aber Wu bewegte sich immer noch, als hätte noch immer ich die Hacke und er die Absicht, sie mir abzunehmen. Langsam schob er seine Handflächen auf mich zu, als schöbe er ein Buch oder ein Getränk oder eine Blume in meine Richtung. Näher und näher. Ich beobachtete es verwirrt, verblüfft, dann berührte es mich. Diese langsame Hand traf mich wie ein Hammer mitten auf die Brust. Bis ... ja! Ich durch die Luft flog wie ein Omelett, wirbelte – ein Stachelrochen – schwirrte und flog. Höher und höher.

Welche Offenbarung! Es war überhaupt nicht dramatisch. Nicht im mindesten, wie es hätte sein sollen. Seine Hand war weich gewesen und dann härter als irgend etwas sonst. Und nun flog ich, und ich hatte Zeit, mir alles mögliche durch den Kopf gehen zu lassen, festzustellen, daß die Stechpalmen immer noch beschnitten werden mußten, mich zu erinnern, wie schmutzig Nancys Hände gewesen waren, zu sehen, daß inmitten des Steingartens Klee wuchs, der purpurfarben blühte. Er war weit entfernt, und dann war er nahe und meine Nase war mitten drin.
Eine Weile nach meiner Landung fühlte ich einen Ruck. Mein Arm war verdreht, unter meinen Körper geschleudert. Ich bekam keine Luft. Mir war ein ganz klein wenig nach Schlafen zumute.

Oh, das war schön. Etwas naß und schlüpfrig, und ich bewegte mich ohne jede Mühe. Aber wenn ich genauer überlegte, tat etwas weh, sehr weh. Eine Beule und eine Delle und eine Schürfwunde Aus weiter Ferne hörte ich eine Stimme, eine angespannte, nicht vertraute, kleine Stimme, die sagte, »Kann das Fließen nicht erzwingen. Fließen fließt.« Fließen *fließt*.
Je mehr ich darüber nachdachte – und es gab mit Sicherheit keine Eile, keinen Grund zur Eile –, je mehr ich darüber nachdachte, desto weniger glücklich fühlte ich mich. Mein Kopf schlug gegen den Boden. Mein

Arm schmerzte, lag verdreht unter meinem Körper. Ich wurde fortgeschleppt. Ich fühlte Erde und Gras, dann Kies. Mein Bart war voll davon. Steinstückchen, die ein Zuhause fanden. Bis ich schließlich still war.
Dann passierte etwas, aber ich war nicht Teil davon. Der Kies verschob sich ganz in meiner Nähe, und dann wurde mein Gesicht in ein weiches, warmes Handtuch gewickelt, und ein Dampf verdunkelte alles.

»Hallo Phil. Hallo Phil. Hallo.«
»Was?«
Scheiße. Das war ich.
Ich öffnete die Augen. Saleems Gesicht war ganz nahe an meinem, und sie war voller Blut – ihre Wange und ihre Hand.
»Erschrick nicht. Ich bin nicht verletzt. Das ist dein Blut.«
»Oh.«
»Nancy ist hier, sie hat dich hergeschleppt.«
Nancy tauchte vor mir auf. »Ich habe dich hergeschleppt. Es tut mir leid. Ich hätte dir nie die Hacke abgenommen, wenn ich damit gerechnet hätte, daß er dich angreift. Für so einen kleinen Kerl ist er ziemlich kräftig. Wie David Carradine in ›Kung Fu‹.«
»Wo ist Doug?«
Saleem trug eine Schale mit warmem Wasser und eine Rolle Küchenpapier.
»Er ist oben. Noch im Bett.«
Sie beugte sich über mich und brachte etwas Feuchtes an meine Wange. »Willst du wissen, was für Verletzungen du hast?«

»Mhm, mir geht's okay.«
»Nun, abgesehen von der einen oder anderen Wunde oder Schürfung hast du dir die Nase gebrochen und den Arm verstaucht. Vielleicht hast du dir auch den Knöchel verstaucht. Er schwillt ein bißchen an.«
Beim Einatmen taten mir die Rippen weh. Ich versuchte mich aufzusetzen, noch immer benommen. »Wieviel Uhr ist es?«
Nancy sah auf ihre Armbanduhr, und mir fiel wieder auf, wie schmutzig ihre Hände waren. Mit Erde verschmierte Hände.
»Ungefähr halb sieben.«
Mein Arm fühlte sich schlimm an. Wir waren in der Küche. Ich lag auf dem Boden.
»Ich glaube, ich würde mich gern auf einen Stuhl setzen.«
Nancy half mir hoch.
»Sollen wir die Polizei anrufen?« fragte sie und setzte mich mit einem kleinen, erschöpften Seufzer ab.
»Wir können die Polizei nicht anrufen«, sagte Saleem rasch. »Wir würden uns in Teufels Küche bringen.«
Diese Reaktion verwirrte mich. »Doug wird wahrscheinlich wollen, daß wir sie anrufen«, sagte ich. »Dieser chinesische Teufel hat Dougs Gewächshaus auseinandergenommen, bevor er mich angegriffen hat.«
Saleem zeigte keinerlei Überraschung. Nancy ebenfalls nicht. »In diesem Fall«, sagte Saleem, »sollten wir tatsächlich Doug entscheiden lassen, ob er die Polizei einschalten möchte oder nicht. Schließlich ist es sein Gemüse. Und du ...« Sie betrachtete mich einen

Augenblick mit beinahe liebevoller Gleichgültigkeit. »Du wirst gesund werden.«

Kurz darauf wandte sie sich an Nancy und sagte pointiert, »Solltest du nicht schleunigst den Liguster abladen oder so was?«

Nancy scharrte mit den Füßen. »Eigentlich schon. Ich habe mir nur Sorgen gemacht wegen Phil...«

»Ich finde, wir sollten Phil erzählen, wo du heute hin sollst«, sagte Saleem und wandte sich wieder an mich. »Rate mal, wo Nancy hingeht.«

»Ich weiß es nicht.«

»Sag's ihm, Nancy.«

Nancy ging zur Spüle und wusch sich die Hände. Sie wandte mir den Rücken zu und sagte über die Schulter, »Doug will, daß ich noch mal nach Southend fahre und noch mehr Liguster hole.«

»Liguster? Und wieviel mehr?«

»Massenhaft. Und am Freitag noch mal.«

»Hat er dir die Bestellformulare gegeben?«

»Ja.«

»Kann ich die mal kurz sehen?«

»Ich hole sie später. Sie liegen im Lastwagen.«

Saleem mischte sich ein. »Glaubst du, du könntest eine Gehirnerschütterung haben?« fragte sie, wie es schien, aus Interesse, als hätten sie und Nancy eine kleine Wette abgeschlossen. Ich wollte gerade antworten, hörte dann aber eine Bewegung im oberen Stockwerk.

»Doug ist aufgestanden«, sagte ich voller Panik, »was sollen wir tun? Vielleicht könnte ich im Gewächshaus ein bißchen aufräumen, während ihr beide versucht, ihn eine Weile hier festzuhalten.«

Ich versuchte aufzustehen. Beinahe wäre es mir gelungen, aber irgend etwas gab nach. »Ich muß anfangen abzuladen«, sagte Nancy, und es klang irgendwie leer, und sie wich meinem Blick aus, als sie hinausging. Ich sah verwirrt hinter ihr her.
»Du kannst vor Doug nichts verbergen, Phil«, sagte Saleem ruhig. »Er riecht Ärger aus fünfzig Schritten Entfernung.«
Doug war mittlerweile im Flur. Ich konnte ihn hören. Dann war er auf der Treppe, kam herunter.
»Außerdem«, fügte Saleem hinzu, »wollte ich vorhin nichts sagen, aber falls du unbedingt die Polizei rufen willst – ich bin nicht hundertprozentig sicher, daß es Wu war, der das Gewächshaus zerstört hat.«
»Was?«
Doug stand hinter der Tür, genau dahinter. Er drückte mit einem Teil seines Gewichts auf die Türklinke. Ich sah, wie sich die Klinke bewegte, nach unten, wieder nach oben, sah, wie die Tür nach innen gestoßen wurde, auf mich zu, und dahinter ... Doug. Doug. Mit eckigem Kinn, energisch, mächtig. Er hielt durch, wie die Tür, aber knapp. Ich beobachtete, wie er die Hand von der Klinke nahm, und ich beobachtete, wie sich die Tür hinter ihm schloß, sachte, leise, selbstverständlich.
Doug stand da und betrachtete mich prüfend. Er nahm meinen Anblick langsam in sich auf und sagte dann, »Phil, dir hängt etwas aus der Nase. Sieht aus wie eine große, rohe, rote Raupe.«
Er ging und schaltete den Wasserkessel an. Saleem sagte, »Es ist noch Tee in der Kanne.«

Doug grunzte anerkennend, schaltete den Kessel wieder aus und nahm sich einen Becher vom Haken. »Ich sage dir das nur«, fügte er hinzu und hob eine Augenbraue in meine Richtung, »weil mir das Frühstücken Schwierigkeiten machen würde, solange dieses Ding da aus deiner Nase hängt.«

Saleem gab mir ein Stück Küchenpapier. Ich tat, was ich konnte. Ich zog an dem Klumpen, mit der Hand zunächst, und die Masse kam heraus und hörte nicht mehr auf, als würde ich dunkles, dichtes, rotes Gallerthirn durch mein Nasenloch ziehen. Als sich das Gallert schließlich in fließendes Blut auflöste, putzte ich mir heftig die Nase, wickelte, was ich gesammelt hatte, in das Küchenpapier, klemmte meinen Nasenrücken zusammen und starrte an die Decke.

Doug schenkte sich Tee ein. Saleem – die mich mit einer Art fasziniertem Abscheu ansah, hypnotisiert von dem gigantischen Klumpen – riß ihren Blick los, als er aufhörte. »Doug, Phil hat gerade erzählt, daß jemand in dein Gewächshaus eingebrochen ist und alles zerstört hat.«

Mir stand der Mund offen. Ich glaube, ich hörte für eine Sekunde auf zu atmen. Doug hörte auf, sich Tee einzugießen.

»Was hast du gesagt?«

Ich starrte weiter an die Decke. »Doug«, sagte ich, »ich bin sicher, der Schaden ist nicht endgültig. Einige der Pflanzen werden sich wieder erholen. Es waren einfach idiotische Vandalen.«

Doug sagte kein Wort. Er stellte die Teekanne ab und ging hinaus. Ich hörte, wie er sich im Flur die Schuhe

anzog, dann hörte ich die Haustür zuknallen. Ich versuchte aufzustehen.
Saleem ging hinüber zur Spüle. »Doug wird seinen Tee jetzt nicht mehr wollen«, sagte sie fröhlich. »Willst du ihn?«

Ich war Doug ganz dicht auf den Fersen, oder wenigstens ziemlich dicht, denn das Gehen machte mir ziemliche Mühe. Mein Knöchel knickte immer wieder ein, als ginge ich bei starkem Wind auf Deck eines Schiffes spazieren und versuchte, das Gleichgewicht zu halten.
Nancy stand neben der hinteren Ladeklappe ihres Lastwagens und starrte in die Ferne – hinter Doug her, hinter seinem kleiner werdenden Rücken. Sie hielt einen kleinen Liguster in den Armen. Als ich an ihr vorbeistolperte, sagte ich, »Nancy, was immer du auch tust, fahre nicht nach Southend und hole noch mehr Liguster, bevor ich nicht mit Ray gesprochen habe.«
Sie setzte die Pflanze ab und kam ein paar Schritte hinter mir her.
»Phil, wie hat er es aufgenommen?«
»Er hat kein Wort gesagt. Bisher jedenfalls noch nicht.«
»Glaubst du, er wird okay sein?«
»Das ist wahrscheinlich das Schlimmste, was passieren konnte.«
»Das Schlimmste«, echote sie, abwägend, und rief dann, »Warte mal«, und lief in Richtung Haus. Ich ging weiter, nach dreißig Sekunden war sie wieder zurück. Sie holte mich knapp vor dem ersten See ein.

»Hier«, keuchte sie und gab mir einen von Saleems Spazierstöcken. Saleem hat einen kleinen Schirmständer voll davon direkt hinter der Haustür.

Nancy reichte mir einen Stock mit einem geschnitzten Hasenkopf als Griff. Es war ein schönes Stück.

»Stütz dich nicht zu sehr auf dein verletztes Bein, das macht es nur noch schlimmer.«

Ich nahm den Stock.

»Es tut mir leid«, fügte sie hinzu, und es klang auch so, »daß du und Doug verletzt wurdet.«

»Es ist niemandes Schuld.«

Ich schloß meine Hand um den Hasenkopf.

»Und stütz dich auch nicht zu sehr auf deinen verletzten Arm.«

»Danke.« Ich versuchte ein paar Schritte. Nancy kam nicht mit. Sie blieb zurück, blieb stehen.

Ich ging weiter. Mit dem Stock war es einfacher, aber immer noch langsam. Und um ganz ehrlich zu sein, war ich glücklich über die Zeit, die es mich kostete, das Gewächshaus zu erreichen. Ich war beinahe glücklich über die Schmerzen. Es war so etwas wie Empathie. Wenn nicht mit Doug – er war ein komplexes Wesen, und ich mußte meine eigene emotionale Ebene finden –, dann wenigstens mit seinem zerschlagenen Gemüse.

»Ich bin sicher, daß der Schaden nicht endgültig ist.«

Doug hob den Blick und schaute in meine Richtung. »Ich glaube, das hast du schon mal gesagt«, brummte er vernichtend. Er stand inmitten der Trümmer, inhalierte das Chaos.

»Das hätte nicht passieren dürfen«, sagte er schließlich. »Es ist ganz falsch.«
»Weißt du, ein paar von den Tomaten könnte man möglicherweise wieder einpflanzen. Einige der Radieschen sehen auch okay aus.«
»Die Tomaten?«
Doug bückte sich und hob eine Tomate auf, die abgefallen war. Er hielt sie in der Hand wie einen Kricketball, einen großen Kricketball.
»Du machst besser, daß du hier rauskommst«, sagte er leidenschaftslos, »bevor ich die Beherrschung verliere.«
Ich überlegte gerade, ob ich seinem Rat folgen und hinausgehen sollte, als Doug mit der Tomate in der Faust ein paar Schritte machte, Schwung holte, und sie in meine Richtung schleuderte. Ich duckte mich. Sie flog haarscharf links an mir vorbei und traf das Glas, die Scheibe neben der Tür, das Glas splitterte und zerbarst.
Doug bückte sich und hob eine Zwiebel auf. Er wog sie in der Hand. »Weißt du, was das Schlimmste ist?« fragte er, immer noch vollkommen ruhig.
Ich fühlte etwas Warmes auf meiner Oberlippe.
»Du blutest«, sagte Doug. »Ich will hier nicht überall Blut auf dem Boden.«
Ich wischte mir die Nase am Ärmel ab. Der Anblick von Blut schien Doug wieder friedlich zu stimmen, auch wenn er selbst nicht direkt dafür verantwortlich war.
»Das Schlimmste ist, daß ich die Tür offengelassen haben muß. Aber mein Gefühl sagt mir, daß mir das nie passiert wäre. Mein Gefühl.«

Doug ließ die Zwiebel fallen und ging zur Tür. »Siehst du das? Keine Spur von gewaltsamem Eindringen. Nichts kaputt.«

»Vielleicht haben sie das Schloß aufgebrochen.«

Doug bückte sich und besah sich aufmerksam das Schloß, als warte er, daß es ihm etwas erzählen würde. Schließlich richtete er sich wieder auf und sagte, »Das glaube ich nicht.«

Er wandte der Tür den Rücken zu und begutachtete die Zerstörung, die vor ihm lag. »Ich könnte schwören, daß ich diese Tür abgeschlossen habe«, sagte er, »aber ich kann es unmöglich tatsächlich getan haben. Weißt du, was das heißt, Phil? Wie sich das anfühlt?«

Ich schüttelte den Kopf.

»Es fühlt sich an, als könnte ich mich in dieser Sache nicht mehr auf meinen eigenen Instinkt verlassen. Und wenn ich mich auf meinen Instinkt nicht verlassen kann, worauf kann ich mich dann verlassen? Auf wen? Auf nichts. Auf niemanden.«

Doug dachte einen Moment über seine Worte nach, sie schienen ihm zu gefallen. Er verschränkte die Arme. Meine Nase blutete immer noch.

»Rotes Blut«, sagte Doug, »rotes, rotes Blut.« Er räusperte sich. »Es gibt nur eine Möglichkeit, diese Sache zu lösen.«

Ich sah auf in der Hoffnung, Doug würde rational reagieren, hoffend. Unglücklicherweise waren seine Augen dunkel und klar. Er nahm seine Arme wieder auseinander. »Mein Instinkt sagt mir«, sagte er, »aber ich sollte ihm nicht trauen, denn er hat mich schon einmal irregeführt...« Er holte tief Luft. »Einer sol-

chen Geste«, er deutete mit einer ausladenden Handbewegung auf die Unordnung und den Dreck, »einer solchen Geste kann man nur mit einer noch stärkeren Geste entgegentreten.«
Ich wägte diese Vorstellung in meinen Gedanken ab. Eine noch stärkere Geste. Ich verstand es nicht ganz, mir war jedoch klar, daß es sich nicht notwendigerweise um etwas Gutes handelte. Ich sagte, »Diese Art von Reaktion könnte man Eskalation nennen, Doug, und ich bin nicht sicher, ob Dinge, die noch höher gehen, größer werden, unbedingt ... mh ... gut sind.«
Doug nahm meine Einsicht zwar zur Kenntnis, wollte aber nichts davon wissen. »Nein«, sagte er bestimmt, »größer werden. Das ist die natürliche Ordnung der Dinge ... Klarheit«, fügte er hinzu, »Sauberkeit. Groß und sauber. Das will ich erreichen.«
Meine Nase blutete immer noch, und meine Hemdsärmel waren mittlerweile völlig durchgeweicht. Ich zog mein Hemd vorne aus der Hose und benutzte diesen Teil.
»Sollen wir anfangen, hier aufzuräumen?« fragte ich durch das Blut und den Stoff hindurch.
»Nein«, sagte Doug. »Ich finde, du solltest ins Haus zurückgehen und dir ein anderes Hemd anziehen. So viel Blut sieht nicht sehr gut aus. Denk an die Gefühle der Parkbesucher. Wasch dich.«
Ich wollte ihn nicht allein lassen. Etwas in meinem Bauch sagte mir, daß ich das nicht tun sollte. Ich sagte, »Ich möchte dich mit dieser Schweinerei nicht allein lassen.«
Doug öffnete die Tür für mich. »Laß mich eine Minute

allein«, sagte er. »Ich muß mich für eine Weile in die Hecke verdrücken. Geh dich waschen.«
Ich ging hinter ihm her, schlurfte hinter ihm her durch die Tür.

Ray stand in der Küche vor dem Herd und linste in einen Topf. In der einen Hand hielt er den Deckel, mit der anderen Pranke zupfte er sich an der Unterlippe, zog sie sich halb über das Kinn. »Ray, hast du Nancy oder Saleem schon gesehen?«
Ray, tief in Gedanken versunken, hatte mich nicht hereinkommen hören. Als ich sprach, erschrak er wie eine Katze, die sich verbrüht hat, und ließ den Topfdeckel fallen und brachte es dann fertig, noch einmal zu erschrecken wegen des Klapperns, das dadurch verursacht wurde. Er bückte sich und hob ihn auf.
»Äh, ich habe Saleem gesehen. Sie ist oben. Sie sucht in Dougs Zimmer nach Beweisen.«
»Beweisen?«
»Bestellungen und sowas. Quittungen. Das hat sie, glaube ich, gesagt.« Er starrte mich an. »Wo kommt das ganze Blut her?«
»Aus meiner Nase.«
»Wu hat dich erwischt.«
»Ja.«
»Noch einmal.«
»Ja.«
»Wie geht's Doug?«
»Nicht gut.«
Ray legte den Deckel auf den Topf zurück. Er sah zum Fenster. »Ich habe massenhaft zu tun. Ich möchte

heute morgen mit diesem Torpfosten fertig werden, und ich habe Doug geschworen, daß ich auf den Tennisplätzen Unkraut jäten würde.«
»Ich glaube, Doug hat im Moment Wichtigeres im Kopf als die Tennisplätze.«
Ray kratzte seinen Bart. Ich fügte hinzu, »Ich bin auch der Meinung, daß wir Nancy vielleicht sagen sollten, daß sie heute nicht nach Southend fährt und noch mehr Liguster holt. Wir wissen beide, daß Doug es sich nicht leisten kann.«
Ray lehnte sein Gewicht gegen den Herd und verlagerte es unbewußt ein wenig näher zur Wand.
»Das Problem ist allerdings«, sagte ich und hoffte auf eine Reaktion, »daß ich nicht weiß, ob wir es uns leisten können, Doug noch mehr in Rage zu bringen. Er ist bereits etwas ... überreizt.« Ray kratzte noch immer seinen Bart. »Was meinst du?«
Ray nahm die Küchenpapierrolle und warf sie mir zu. »Hast du versucht, den Nasenrücken zusammenzupressen? Dann hört es vielleicht auf zu bluten.«
Saleem kam herein, unter dem Arm einen Ordner und ein Bündel Papiere. Sie warf sie auf den Tisch. »Hier«, sagte sie. »Ich wußte, daß er angefangen hat, einiges von diesem Zeug in seinem Zimmer aufzubewahren. Er wird allmählich paranoid. Geheimniskrämerei ist ein echtes Symptom. Los, wir teilen das Zeug auf und sehen, was wir finden.«
Ich sah zur Tür. »Doug könnte jeden Moment kommen.«
Saleem lächelte. »Wir sind sicher. Nancy paßt auf.«
Ray blieb am Herd stehen, als wollte er sich an der

Durchsicht der Papiere nicht beteiligen. Saleem zog einen Stuhl heran und setzte sich darauf. Sie begann zu blättern. »Setz dich, Phil. Nimm das Gewicht von deinem verletzten Fuß.« Ich blieb stehen und atmete in einen Klumpen Papiertücher.

»Okay ... okay ...« Saleem blätterte die obersten Seiten durch. Sie zog eines heraus. »Liguster!« verkündete sie aufgeregt, »Da haben wir's!« Sie reichte es mir herüber. Ich sah es mir an. Eine Bestellung über Liguster in einer Höhe von 1500 Pfund.

Saleem blätterte weiter und sagte, »Ich weiß nicht, wie zum Teufel er beabsichtigt, diese Kleinigkeit morgen auf der Sitzung zu erklären.«

Ich schaute zu Ray hinüber. »1500 Pfund«, sagte ich elend.

Ray verlagerte sein Gewicht. »Vielleicht solltest du dort anrufen und ihnen sagen, daß wir es uns eigentlich nicht leisten können«, schlug er vor.

»Vielleicht.«

Mein Kopf fühlte sich schwerelos an. Mein Kopf fühlte sich an wie die leuchtende Knolle einer gelben Sonnenblume. Nur Farbe, Theater, keine Substanz. Ich zog einen Stuhl heran und setzte mich.

»Saleem«, sagte ich sanft, »ich habe darüber nachgedacht, was du vorhin gesagt hast. Daß nicht Wu es war, der Dougs Gewächshaus zerstört hat. Aber wenn Wu es nicht getan hat, wer war es dann?«

»Vandalen.«

»Es wurde nicht eingebrochen. Sie hatten einen Schlüssel.«

»Kluge Vandalen. Dein Blut tropft auf den Boden.«

Ich sah nach unten. Cog war bei meinen Füßen aufgetaucht und schnupperte an den Blutstropfen. Seine kleine rosa Zunge kam heraus, und er begann sie aufzulecken. Ich bückte mich, um ihn wegzuschubsen, und als ich das tat, fing es in meinem Kopf an zu dröhnen und zu röhren, er war voller Gebrumm wie eine flaumige Hummel, die gerade losfliegen will.

Er wäre weggeflogen, ich bin sicher, daß er weggeflogen wäre, wenn nicht genau in diesem Moment Nancy in die Küche gestürzt wäre und mich hochgerissen hätte. Sie starrte mir ins Gesicht. »Hör zu«, sagte sie atemlos, »das ist Doug.«

Ich blinzelte langsam. »Doug?« Ich versuchte, mich auf ihr Gesicht zu konzentrieren, aber ihre Augen waren überall. Ich versuchte, mich zu konzentrieren.

»Er hat den Traktor genommen. Das ist er, da draußen. Hör doch!«

Saleem stopfte die Papiere in den Ordner, warf den Ordner in die Besteckschublade und packte meinen Arm. »Raus«, sagte sie, »komm schon.«

Tatsächlich müssen wir ziemlich komisch ausgesehen haben, wir vier, als wir da in einer Reihe standen, als würden wir uns darauf vorbereiten, gleich offiziell der Königin vorgestellt zu werden. Vor dem Tor, in der Nähe der Damentoiletten, hatten wir eine gute Sicht auf Doug, den Traktor, die Gewächshäuser, den gegenüberliegenden Hügel, die ganze verdammte Szenerie.

»Wohin fährt er?« fragte Ray. »Hat einer eine Idee?«

»Vielleicht hat er vor, hinter dem Musikpavillon das Gras zu mähen«, schlug ich vor. Saleem schnaubte. Nancy sagte, »Der Mäher hängt nicht hintendran.«
»Hat er irgendwas zu dir gesagt?« fragte Ray. Nancy schüttelte den Kopf. »Nee. Er hat einfach die schwere Axt genommen und ist auf den Traktor gestiegen.«
Ray sah mich an. Ich zuckte die Schultern.
»Jetzt kommt's«, sagte Saleem. »Das wird die große Nummer.«
»Wie das?« fragte ich und verlor beinahe die Geduld.
»Jede Wette, daß er den Traktor voll ins Gewächshaus fährt.«
Der Traktor rollte und grollte zwischen den Seen, dann dahinter.
»Das würde er nicht machen.«
»Wetten?« Saleem streckte die Hand aus, die Handfläche himmelwärts.
»Das würde er nicht tun.«
Hinter den Seen den Hügel hinauf. Ich sah, wie das rechte Rücklicht des Traktors blinkte. Saleem kicherte, als sie das sah. »Mein Gott, er ist wirklich durchgeknallt. Er ist total verrückt.«
Eine scharfe Rechtswendung, ein bedenklicher Gangwechsel. »Autsch«, murmelte Nancy. Und dann ein Hochjagen, ein Röhren, ein Beschleunigen.
»Er bückt sich«, sagte Ray verstört, »er sieht noch nicht einmal, wo er hinfährt.«
»Ich weiß, was er macht«, sagte Saleem. »Er beschwert das Gaspedal mit der Axt.«
Noch fünf Meter. Dreieinhalb. Einen. Doug sprang

aus dem Traktor und landete vorsichtig wie eine Katze auf allen vieren, blieb einen Moment in der Hocke, stand auf. Der Traktor – »Ich hab es euch gesagt!« lachte Saleem gackernd – verlangsamte kurz das Tempo, verschluckte sich, stotterte, ruckte, ruckte weiter, dann KRACH! Er traf das große Glashaus, scheppernd und krachend, metallverbiegend, laufend, röhrend, flächendeckend, kollabierend. Scherben fielen herunter, der Motor erstarb. Mehr Zusammenbrechen, mehr Scherben, ein winziges, albernes Klingeln, ein Rumpeln, ein kleiner, metallischer Rülpser.

Doug hielt nicht inne, um sein Handwerk zu betrachten oder es zu begutachten. Er drehte sich nicht um, sondern ging einfach weiter. »Er ist wirklich cool«, flüsterte Nancy, »wie John Wayne oder der andere, der mit den schwarzen Haaren und den komischen Augen in ›Der Scharfschütze‹.«

»Gregory Peck«, murmelte Ray.

»Genau der.«

Eine Frau mit einem Kopftuch, die in der Nähe ihren Zwergcollie spazierengeführt hatte, rief harsch den Namen des Hundes, und als er nicht bei Fuß kam, nahm sie zwei Finger zwischen die Lippen und pfiff. Und seltsam genug war es dieser Pfiff, allein dieses Geräusch, das meine Beine zum Zittern brachte und meine Augen füllte, keines der anderen. Dieses Geräusch allein.

»Oh, Scheiße«, sagte Ray. »Doug kommt zurück. Ich verschwinde.« Er verduftete.

Doug kam ungefähr in Richtung des Hauses zurückspaziert. Er wischte sich die Hände am Hosenboden

ab. Er schien ein extremes Interesse an den Beeteinfassungen zu haben. An einer Stelle, ich schwöre es, stoppte er und zupfte eine verwelkte Blüte ab.
Saleem wandte sich an mich. »Phil«, sagte sie sanft, »vielleicht solltest du ein Seil nehmen und das Gewächshaus absperren, es sichern, bevor jemand sich dort verletzt. Mit Doug werden wir schon fertig, wir beide. Nancy und ich.«
Ich nickte. Ich wandte mich um. Ich ging und holte ein Seil, einen Kanvassack, eine Bürste mit stacheligen Naturborsten.

Es war mühsam, riskant, und es dauerte beinahe eine Ewigkeit. Ich fragte mich, wo zum Teufel Ray abgeblieben war. Ich konnte mir nicht vorstellen, daß er im Haus war und Nancy und Saleem bei Doug unterstützte. Und er war auf jeden Fall nicht hier, um mir zu helfen, Glas, Dreck, Metall und Gemüse wegzuräumen. Es war mehr als wahrscheinlich, daß er auf den Tennisplätzen Unkraut jätete.
Ich war beinahe froh, allein zu sein. Die Dinge bewegten sich langsam. Ich bewegte mich langsam. Wie ein Neugeborenes, das einen frischen, anderen Körper bewohnt, probierte ich aus, was ich tun konnte und was nicht, und stellte meine begrenzten Fähigkeiten fest.
Glücklicherweise war der Schaden am Gewächshaus zwar beträchtlich, blieb aber im Rahmen. Nach ein paar Stunden des Fegens und Abbrechens, des Verklebens scharfkantiger Ecken, des Herausschlagens halbkaputter Fensterscheiben schaffte ich es, auf den Traktor zu klettern, einen Teil des Glases wegzuräu-

men, die Axt vom Gaspedal zu nehmen, ein Schutzblech zurechtzubiegen, das verbogen war und gegen den Reifen drückte, und dann die Zündung einzuschalten. Mit meinem bösen Fuß, meinem bösen Arm stemmte ich den Rückwärtsgang ein und röhrte davon.

Während ich zurücksetzte, sah ich nervös nach oben. Ich sah zu der Glasdecke hinauf und wartete auf eine Reaktion, wartete darauf, daß sie zerbersten und zersplittern würde, aber nichts geschah. Sie behielt ihre Klarheit.

Und das war das Merkwürdige. Ich hatte so viel anderes im Kopf – an so viel anderes zu denken –, fühlte mich aber die ganze Zeit, als würde alles fließen. Ein fließendes Gefühl. Vielleicht war es mein Blut, das durch meinen Körper floß, in meinem Gesicht, in meinen Wangen blühte, sich von dort weiterbewegte, weiterlief, floß. Und ich hätte in meinem Kopf denken und sortieren und planen sollen, organisieren, kontrollieren, Tatsache aber war, daß ich nur an natürliche Dinge denken konnte. Konkrete Dinge. Physikalische Stoffe. Stoff. Natur. Rinde, Stein, Erde, Wasser.

Und allmählich fing ich an, über Wasser und Stein nachzudenken. Daß sie die beiden extremsten Stoffe sind, zwei entgegengesetzte Pole, und dennoch zusammen wirken können. Sie können zusammen wirken und zusammen sein und zusammen leben, und obwohl sie beide unterschiedliche Energien haben, ihre eigene schreckliche Kraft und Macht, vergewaltigen sie einander nicht. Denn so bewegt sich die Natur, so arbeitet sie. Sie kooperiert. So wollte auch ich mich bewegen –

kein Zerschmettern und Zerbersten und Schlagen und Stoßen mehr; ich wollte mich bewegen wie Wasser um einen Stein. Und so hatte ich mich auch die ganze Zeit bewegt, hatte es aber leider nicht bemerkt.
»He, Phil.«
Was tat ich? Ich stand im Gewächshaus inmitten des Chaos und hielt eine von Dougs Riesenzwiebeln in der Hand und betrachtete sie.
»Hübsche Zwiebel«, sagte Ray und sah mich seltsam an.
Ich stellte mir das Innere der Zwiebel vor. Lage um Lage sauberes weißes Fleisch, eine in der anderen, umfassend, rein und vollkommen. Ein Kreis. Jede Lage komplett und abhängig. Jede Lage klar und feucht und fleckenlos. Sie war schön.
»Vielleicht solltest du dich einen Moment hinsetzen.« Ray nahm mir die Zwiebel ab und warf sie in eine Schubkarre. »Wird man nicht essen können«, sagte er bedauernd. »Wenn sie zu groß werden, schmecken sie ganz wäßrig. Schmecken in Wirklichkeit nach nichts.«
Ray führte mich nach draußen. Sowohl mein Bein als auch mein Arm hatten angefangen steif zu werden, und das getrocknete Blut in meinen Nasenlöchern juckte wie verrückt. Ich setzte mich für einen Moment auf die Rasenkante. Ray taxierte den Traktor. Er trat gegen einen Reifen. Er räumte Glas unter den Pedalen hervor.
»Hätte schlimmer sein können«, sagte er fröhlich, »sieht nach diesem Martyrium gar nicht so übel aus.« Er sah wieder mich an. »Du solltest für eine Weile nach

Hause gehen. Vielleicht deinen Fuß ein paar Stunden hochlegen.«

»Warst du noch mal am Haus?«

Er nickte.

»Wie geht's Doug?«

Ray räusperte sich. »Verhält sich unauffällig.«

»Was macht er?«

»Ich weiß es nicht.«

»Übrigens...« Ich versuchte, meine Gedanken zu ordnen. »Als ich heute morgen das Gewächshaus verwüstet vorfand und mit Wu in diesen Kampf geriet...«

»Ja.«

»Nancy war da. Sie tauchte plötzlich auf. Und es war sechs Uhr morgens, gute drei Stunden, bevor sie normalerweise zur Arbeit kommt.«

»Vielleicht um zu laufen«, sagte Ray zerstreut und fügte hinzu, »ich habe gerade das Unkraut auf den Tennisplätzen gejätet.«

Mein Schädel pochte. Ray kletterte auf den Traktor und startete den Motor. Er trat ein paar Male auf das Gaspedal und legte dann den Gang ein.

»Steig auf«, brüllte er. »Ich nehm dich mit zurück zum Haus, wenn du willst.«

»Und das hier?«

Ich zeigte auf das Gewächshaus. Es gab immer noch eine Menge zu tun. Ray wedelte mit seiner riesigen Pranke. »Ich parke das Ding in der Scheune und komme dann direkt zurück.«

Ich kämpfte mich hoch und kletterte auf den Beifahrersitz. Ich hoffte, das Rütteln des Traktors würde meine Nase nicht wieder zum Bluten bringen.

Als vorbeugende Maßnahme atmete ich ganz sachte durch den Mund. Während ich atmete, untersuchte ich Ärmel und Vorderseite meines Hemds, die braun und schwer waren von geronnenem Blut. Ich kratzte ein wenig daran mit dem Daumennagel, während wir dahinzockelten, zwischen den Seen hindurch, am Museum vorbei; vorbei an den Toiletten, nach einer scharfen Rechtswendung dann in die Scheune hinein. Der Stoff war hart und kratzte. Steif und fest und plasmagestärkt.

Ich war zu langsam. Mit meinem Kopf war etwas ganz und gar nicht in Ordnung. Ich konnte mich weder aufrecht halten, noch konnte ich Schritt halten oder die Zeit einhalten. Ich stand mehrere Minuten im Hof, ehe ich genügend Kraft gesammelt hatte, um überhaupt daran zu denken, ins Haus hineinzugehen. Statt dessen stand ich da und starrte dümmlich auf die Reihen von Ligusterbüschen, kleine grüne Wachposten in Habtachtstellung, gleichmäßig aufgereiht. In Reih und Glied. Ich starrte eine ganze Weile darauf. Ray war verschwunden. Alles war ruhig.
Ich wußte, daß es etwas gab, das ich hätte denken sollen, aber ich konnte es nicht. Was war es? Mußte der Liguster gewässert werden? Ich befühlte einen der Töpfe. Trocken, aber nicht allzu schlimm. Ich dachte daran, den Schlauch zu holen und ihnen einen Guß zu verpassen. Aber das war es nicht. Ich sah mich um. Da war etwas anderes. Eine Lücke. Ein freier Raum. Leere. Und dann fiel es mir plötzlich ein. Nancy. Der Lastwagen. Verschwunden. Beide weg. Ich drehte mich um und ging ins Haus.

»Saleem? Doug?«
Ich stieß die Küchentür auf. Die Luft roch feucht und süß und seltsam. Die Fenster waren mit Kondenswasser bedeckt. Auf dem Tisch, aufgebahrt, ausgestreckt, lag Cog. Auf der Seite. Er glich überhaupt nicht seinem üblichen Selbst. Normalerweise war es ihm nicht erlaubt, sich auf den Tisch zu setzen oder zu legen. Ich streckte die Hand aus, um ihn zu berühren, ihn anzustupsen.
»Laß ihn!«
Saleem stand hinter mir, dann neben, dann vor mir. Sie packte Cog, und er lag in ihren Armen wie ein welker Salat. Ein stattlicher Spüllappen. Knochenlos.
»Was ist passiert? Was ist mit dem Kater los?«
Saleem sah erhitzt und zerzaust aus. »Er ist tot, du Idiot.«
»Tot?«
Ich streckte die Hand aus, nur um ihn zu berühren. Saleem riß ihn zur Seite, außer Reichweite.
»Laß das!«
»Warum?«
»Es ist verdammt spät, jetzt damit anzufangen, ihm Zuneigung zu zeigen, Phil. Schließlich hast du dich einen Dreck um ihn gekümmert, als er noch lebte.«
Das war nun ehrlich das Letzte, womit ich gerechnet hatte. Der Kater war tot. Das paßte nicht ins Bild. Das paßte überhaupt nicht zusammen. Ich starrte Saleem an. »Was ist mit ihm passiert?«
»Er ist gestorben.«
»Einfach so? Er ist einfach so gestorben? Er ist nicht besonders alt, nicht für einen Kater.«

Cog schien keinen Widerstand zu bieten, war völlig schlaff. Ich streckte wieder die Hand aus, einfach um ihn anzufassen, aber das schien Saleem in Rage zu versetzen. Sie war stinkwütend.

»Phil! Laß das! Du gehst mir allmählich wahnsinnig auf die Nerven. Der Kater ist tot, und jetzt fängst du an, dir seinetwegen Gedanken zu machen. Das ist so verdammt typisch für dich. Absolut verdammt typisch. Ich bin auch unter enormem Druck. Bin ich. Bin ich! Und keiner fragt auch nur ein bißchen nach mir.« Saleem schleuderte Cog auf den Tisch, zerrte einen Stuhl heran, setzte sich und brach in Tränen aus.

Ich wollte sterben. Einfach sterben. Mich zu Cog auf den Tisch legen und verlöschen. Saleems Gesicht war naß und glänzend und außerordentlich verrotzt.

Irgendwann sagte ich, »Möchtest du, daß ich ihn beerdige?«

Sie hob trotzig die Schultern.

»Hinter dem Haus ist ein leeres Blumenbeet. Dort könnte ich ihn ziemlich einfach unterbringen.« Sie hob wieder die Schultern. »Allerdings glaube ich kaum«, sagte ich nervös, »daß es Nancy oder Doug gefallen würde, ihn tot zu sehen. Gerade jetzt. Sie haben ihn beide ziemlich gern. Deswegen könnten wir beide ihn begraben und ein paar Tage lang so tun, als wäre es gar nicht passiert.«

Saleem wischte sich das Gesicht am Tischtuch ab. »In Ordnung«, sagte sie schließlich. »Geh und grab das Loch. Ich bringe ihn in fünf Minuten raus.«

Ich nickte. »Übrigens«, sagte ich, »wo ist eigentlich Nancy?«

»Grab das verdammte Loch, Phil.«
Ich ging. Ich grub.

Es wurde kein großes Begräbnis daraus. Ich hob das Loch aus. Nicht zu tief, denn ich hatte Schwierigkeiten, den Spaten zu halten und ebenso mein Gleichgewicht, außerdem schien der Boden ungewöhnlich hart zu sein. Saleem hielt Wort und erschien nach fünf Minuten mit Cog auf dem Arm. Ihr Gesicht war trocken und klar, und sie schien durchaus wieder vollkommen vergnügt.

Ich trat zur Seite. Ich überlegte, ob ich etwas sagen sollte oder ob Saleem das selbst tun wollte.

»Ist es das?« fragte Saleem und begutachtete das Loch. »Bist du sicher, daß es tief genug ist?«

»Ich hoffe es.«

»Gut.« Sie hüpfte nach vorne, hielt Cog über das Loch und ließ ihn ohne weitere Umstände hineinfallen.

»Deck ihn zu«, sagte sie und sah zu, wie ich Erde über ihn schob. Sie roch an ihren Händen. »Mein Gott, ich glaube, er hat bereits angefangen zu stinken. Meine Hände stinken nach altem Urin.«

Ich beendetete schweigend meine Arbeit. Saleem sah mir zu. Sie machte mich befangen. Um sie abzulenken sagte ich, »Wo ist Doug? Im Bett?«

»Wie kommst du darauf?«

»Ich frage mich nur, wo er steckt. Ich frage mich, wie es ihm geht.«

»Er ist weg.«

Ich erstarrte. »Weg? Wohin?«

»Keine Ahnung. Er sagte bloß, ›Mir reicht's. Ich gehe.‹

Ich fragte ihn, ob er rechtzeitig zu der Sitzung am Freitag wieder zurück sein würde, und er sagte, ›Scheiß auf die Sitzung‹.«
»Das hat Doug tatsächlich gesagt?«
»Ja.«
»Ich kann nicht glauben, daß er das gesagt hat.«
Saleems Mundwinkel wurden verkniffen. »Das hat er gesagt.«
»Hat er gesagt, wo er hingeht?«
»Nein.«
»Glaubst du, er ist zu Mercy zurückgegangen?«
»Bestimmt nicht.«
Ich ging in die Scheune, um den Spaten zu verstauen. Während ich das tat, versuchte ich mir vorzustellen, wohin Doug gehen würde. Ich konnte mir nicht vorstellen, daß er überhaupt irgendwo hinging. Sein Platz war hier. Er würde diesen Platz nicht verlassen.
Ich beschloß, Mercy anzurufen. Ich stand im Flur und wählte, als Saleem mir gegenübertrat.
»Wen rufst du an?«
»Mercy.«
»Wozu?«
»Um rauszufinden, ob Doug bei ihr ist.«
Saleem schlug mit der Hand auf die Gabel, und die Leitung war unterbrochen.
»Das ist dumm«, sagte sie. »Du wirst doch nicht wollen, daß Mercy sich aufregt.«
Ich legte den Hörer auf. »Gut«, sagte ich. »Ich weiß, daß er bis morgen ohnehin zurück sein wird. Er würde die Sitzung auf keinen Fall verpassen. Um nichts in der Welt.«

Saleem beäugte mich. »Trotzdem ...«
»Was?«
»Könnte nichts schaden, wenn du dich mit der geschäftlichen Seite des Parks bekannt machen würdest, für den Fall, daß er nicht auftaucht.«
»Wird er aber.«
»Ich wette, daß er das nicht tut.«
»Wird er doch. Ich kenne ihn.«
»Trotzdem ...« Saleem hatte einige Ordner unter dem Arm. »Besser, du schaust sie dir an.«
Ich holte tief Luft. Ich nahm die Ordner nicht. Ich sagte, »Du weißt ganz genau, daß ich nicht zu dieser Sitzung gehen kann. Das ist Dougs Aufgabe.«
Saleem wurde ungeduldig. »Was ist nötig«, fragte sie mich, »damit du einsiehst, daß du der einzige Mensch bist, der gehen kann? Es liegt an dir. Doug kommt nicht zurück. Ich weiß es. Kapiert? Er kommt nicht zurück. Es liegt an dir.«
Dann werden wir die Sitzung absagen.«
»Wir können sie nicht absagen. Doug hat sie schon zweimal abgesagt. Sämtliche Details, die Korrespondenz, alles ist hier drin. In den Ordnern. Jetzt nimm sie.«
Ich schüttelte den Kopf. Ich kannte Doug. Er war das Rückgrat. Ein Organismus konnte nicht funktionieren – konnte weder gehen noch kriechen noch sonstwas – ohne Rückgrat. »Er kommt zurück«, sagte ich. »Das ist alles, was ich weiß.«
Saleem sagte eine Weile nichts. Dann sagte sie, »Hast du das Buch gelesen, wie ich es dir gesagt habe? Dr. John Sledge. Hast du es gelesen?«

»Doug kommt zurück.«
Saleem schob ihr Gesicht ganz nahe an meines heran. »Phil«, sagte sie sanft, »du hast gesehen, was Doug heute morgen getan hat. Er ist mit dem verdammten Traktor in das Gewächshaus gefahren. Du hast ihm dabei zugesehen, nicht wahr? Hast es mit eigenen Augen gesehen.«
Sie war umittelbar vor meinem Gesicht, ich machte einen Schritt zur Seite. Sie machte einen Schritt zur Seite. Ich ging rückwärts in die Küche. Etwas kochte. Die Luft war voller Dampf. Roch süß und eklig.
Saleem kam hinter mir her in die Küche. Sie ließ die Ordner auf den Tisch plumpsen und öffnete ein Fenster. Ich beobachtete sie. Ich machte einen langsamen Schritt in Richtung Tür.
»Bleib wo du bist.« Sie drehte sich um. »Ich muß dir etwas erzählen. Etwas Wichtiges.« Zwischen uns war der ganze Tisch.
Sie seufzte. »Also, ich hatte gehofft, ich könnte es vor dir verbergen, damit du dich nicht aufregst und morgen bei der Sitzung unsere Chancen nicht verdirbst ...«
Ich öffnete den Mund, um etwas zu sagen, aber sie kam mir zuvor. »Sag's nicht, Phil. Doug wird für die Sitzung morgen nicht zurück sein. Er wird nicht da sein, und ich sage dir auch, warum.«
Es war immer noch zu feucht und zu warm. Ich streckte die Hände aus und legte sie auf die Rückenlehne eines Stuhls. Ich stützte mich auf den Stuhl. Auf der Anrichte lag ein Bündel Papiere. Obenauf eine Zeitung. Es war der *Guardian* vom Vortag.
»Erinnerst du dich?« Saleem zeigte mir den *Guardian*.

Ich runzelte die Stirn. »Als du hereinkamst und ich irgendwie überreizt war?«
Ich nickte. Ich glaubte, mich zu erinnern.
»Wenn ich ehrlich bin, ist mir der verdammte Kater scheißegal, und ich bin sicher, du weißt das.«
Ich nickte wieder. Sie zog einen Stuhl heran und setzte sich. »Ich erzähle dir jetzt, was los ist, Phil.«
Der Stuhl quietschte unter meinem Gewicht. Ich schwitzte. Oder war es Kondenswasser? Auf dem Herd kochte etwas in einem Topf. Wasser und Dampf und Wasser und Dampf.
»Also«, sagte Saleem, »jetzt hör mal zu. Nancy war gestern wirklich wütend auf Doug, weil er sie rausgeworfen hat. Ich habe gestern abend versucht, sie davon zu überzeugen, daß du und Ray dafür sorgen würdet, daß die Sache mit ihr wieder in Ordnung kommt. Ich habe ihr gesagt, du würdest dich bei Doug für sie einsetzen. Aber unglücklicherweise hat sie das nicht überzeugt. Sie war wütend auf Doug. Heute morgen ist sie hinausgegangen und hat sein Gewächshaus zerstört. Ich nehme an, sie hatte einfach kein Vertrauen in euch. Und sie liebt diesen Park genauso wie wir. Du glaubst es vielleicht nicht, Phil, aber es ist so. Wie dem auch sei, als Doug den Traktor und alles andere zu Schrott gemacht hat, hat sie kapiert, wie dumm sie gewesen ist, wie kleinlich und all so was. Was für einen Riesenfehler sie gemacht hat. Als Doug dann hierher zurückkam, hat sie ihm erzählt, was sie getan hat, daß sie die Schuldige ist. Ich denke, ihr Timing war nicht besonders gut, das hat sie ja auch früher schon schlüssig bewiesen, wenn man von ihren Fahrkünsten ausgehen kann.

Auf jeden Fall ist Doug buchstäblich ausgerastet. Er hat sich furchtbar verraten gefühlt. Er hat herumgeschrien und mit den Fäusten gefuchtelt und gedroht, er würde den ganzen verdammten Park zerstören. Ich will damit sagen, daß er ganz einfach verrückt wurde. Sogar ich bekam es mit der Angst zu tun. Nancy hatte ebenfalls Angst. Sie rannte zu ihrem Lastwagen, holte ihre Pistole – eigentlich ist es eher eine Startpistole, ich glaube, sie benutzt sie, wenn sie Motocross-Rennen fährt –, und Doug blieb wie angewurzelt stehen, aber nicht lange. Eine Sekunde später hat er sich auf sie gestürzt. Aber Nancy ist hart im Nehmen. Sie ist einen Schritt zurückgetreten, hat versucht, ihm auszuweichen, aber sie stand mit dem Rücken zum Lastwagen. Sie konnte nicht mehr weiter zurück. Und Doug kam immer näher. Und dann ... und dann ...«

Saleems Augen waren groß und rund wie zwei Teller, die man auf Stöcken balanciert. »Und dann hat sie irgendwie auf ihn geschossen. In den Fuß. Ich glaube, es war sein Fuß, denn er stolperte und hüpfte eine Weile auf einem Bein herum.

Nancy hat die Laderampe ihres Lastwagens runtergelassen und ihn hineingeschubst. Das Ganze hat wirklich nur fünf Minuten gedauert. Doug war immer noch außer sich und ein wenig aus dem Gleichgewicht. Dann hat sie die hintere Ladetür zugemacht. Doug war eingesperrt. Ich versuchte, sie zu fragen, ob sie wisse, was sie da tue, aber es ging alles so schnell. Sie sagte nur, ›Er wird uns das nicht antun. Er wird uns nicht mehr länger schikanieren. Ich bringe ihn weg von hier. Ich werde ihn dort eingesperrt lassen, bis er wieder zu

Verstand kommt. Wie lange auch immer.‹ Dann sprang sie in ihr Fahrerhaus, ließ den Motor an und brauste davon. Das war's.«

Ich schaute zum Fenster, auf einen Punkt genau hinter Saleems rechter Schulter. Kondenswassertropfen malten Muster auf die Oberfläche. Ich überlegte, was diese Muster bedeuteten.

»Sag etwas.«

Ich schüttelte den Kopf. Meinen nassen Kopf. Ich konnte es nicht glauben, daß Nancy sich so dumm verhalten konnte. Ich schloß die Augen. Ich öffnete sie. Die Tropfen auf dem Fenster buchstabierten das Wort *Matsch*. Ich blinzelte. Es war verschwunden. Ich sagte, »So etwas Blödes würde Nancy nie tun.«

»Na klar, daß du so etwas sagen mußt, nicht wahr?«

»Was?«

Saleems Lippen waren dünn und weiß. »Ja. Du weißt, was ich meine.«

Ich konnte ihr nicht mehr folgen.

»Saleem, ich habe keine Ahnung, wovon du redest.«

Sie stützte die Ellbogen auf den Tisch. Ihre kleinen Brüste wurden zwischen ihren Armen zusammengepreßt. »Sag das noch mal, los.«

»Was?«

»Meinen Namen.«

Saleem. *Saleem*. Ich konnte es nicht aussprechen. Wenn ich ihren Namen sagte, fühlte es sich an wie ein Mund voll unreifer Holunderbeeren. Auf meinem Gaumen. In meiner Kehle.

»Sieh mal«, sagte ich, »ich verstehe einfach nicht, warum Nancy ... Ich muß das noch einmal erklärt bekommen.«
Saleem fing an zu lächeln. Plötzlich war sie ein anderer Mensch. Sie neigte den Kopf zur Seite. »Ich habe darüber nachgedacht«, sagte sie, »und ich glaube nicht, daß es eine Frage des Verständnisses ist, eher eine Frage ... ob man damit zurechtkommt.«
»Wie?«
»Weil es gar nicht so übel ist, daß Doug eine Weile keinen Unsinn anrichten kann. Wenn Nancy ihn bis Freitag festhält, dann kannst du zu der Sitzung gehen, und danach können die Dinge ihren Lauf nehmen. Wenn wir in Sicherheit sind. Alles andere ist unwichtig.«
»Aber was ist mit Nancy?«
Saleem zuckte die Schultern. »Sie wird es schon schaffen.«
»Und Doug?«
»Er wird in Ordnung sein. Was er braucht, ist, eine Weile von hier weg zu sein. Er braucht Distanz.«
»Ich kann nicht zu dieser Sitzung gehen.« Ich erstickte fast daran, das zu sagen. Es auszusprechen war schlimm genug.
»Du mußt.«
»Ich könnte es nicht. Doug erledigt diese Sachen. Dazu ist er da.«
»Laß es mich so ausdrücken«, grinste Saleem, »entweder du gehst zu dieser Sitzung, oder ich rufe die Polizei an und erzähle, was ich dir gesagt habe, und das wird Nancy wirklich in Teufels Küche bringen. Und wenn

ich Nancy in Teufels Küche gebracht habe, werde ich mir etwas ausdenken, um dich auch dorthin zu bringen.«

»Nancy hat sowieso Ärger, egal, was du tust.«

»Wer hat Ärger?«

»Was willst du damit sagen?«

»Nancy. Nancy. Wann immer du ihren dämlichen Namen aussprichst, wirst du rot.«

»Das ist lachhaft.«

»Wir sollten uns nicht streiten.«

»Tun wir gar nicht.«

»Du machst mich wütend, Phil.«

»Überhaupt nicht. Ich versuche lediglich, zu verstehen, was hier vor sich geht.«

»Eine echte Hoffnung, du Arschloch.« Saleem sprang auf, warf mir die Zeitung zu, grinste und machte sich aus dem Staub.

Ich starrte auf das Papier. Zwei Überschriften waren mit blauer Tinte angestrichen. Meine Augen wanderten sofort zur zweiten Überschrift, die lautete: 100-TAGE-PROTEST.

Ich las sie noch einmal, die Geschichte, wie ein Mr. Peter Hawes sich in seinem Rastplatz-Restaurant verbarrikadiert hatte. Aus Protest. Sicherlich etwas ganz anderes, entschied ich; es war sicherlich etwas vollkommen anderes, sich selbst einzuschließen. Sich selbst einzuschließen war ziemlich genau das Gegenteil von mit Gewalt eingeschlossen zu werden.

Ich versuchte in Gedanken, mir Doug vorzustellen, der eingesperrt war, aber es gelang mir nicht. Wo war er? Die Vorstellung gelang mir nicht. Ganz und gar nicht.

Wo war er? Doug? Wo war er? Mein Gehirn war plötzlich leer. Dann wußte ich es. Doug war weg. Ja, Doug war verschwunden. Verschwunden.

Ich fand Ray im Gewächshaus. »Ray«, sagte ich, »es ist alles ein heilloses Durcheinander.«
»Komm, wir setzen uns auf die Bank.«
Ray hatte eine Lieblingsbank, unter einem Goldregen. Wir setzten uns.
»Also«, sagte Ray, »was ist zu tun?« Er pflückte ein paar Samenhülsen von den Ästen über uns und brach sie auf.
»Laß das, Ray. Sie sind giftig.«
Er ließ die Samen fallen und wischte die Hände an seinem Overall ab. Ich sah ihn einen Moment lang an. Ich fragte mich, was wohl in seinem Kopf vorgehen mochte. Ich fragte, »Weißt du von Nancy und Doug?«
Ray untersuchte seine Fingernägel. »Warum hast du mir dann nicht früher davon erzählt?«
Rays Kinnlade klappte herunter. Er kratzte sich an der Nase. Er sagte, »Es ist nur passiert wegen Nancys Auge.«
»Nancys Auge?«
Ray nickte. »Sie hat es bei einem Motorradunfall verloren. Vor Weihnachten. Ihr rechtes Auge. Deshalb hat sie ständig Unfälle. Sie glaubt, sie findet nie wieder einen Job, wenn sie diesen hier verliert. Ich weiß es schon seit einer ganzen Weile, aber ich habe gehofft, es würde sich geben. Sie war so verzweifelt, weißt du?«
Die Dinge verlagerten sich. Verschoben und bewegten sich. »Ray«, sagte ich und zerbrach beinahe wie die Samenhülse des Goldregens zwischen seinen Wurstfin-

gern. »Ray«, sagte ich, »erzähl mir nichts mehr. Konzentrieren wir uns einfach auf drei Dinge: Erstens, wir müssen Doug finden. Zweitens, wir müssen die Sache zwischen Doug und Nancy klären. Drittens, wir müssen sicherstellen, daß die Sitzung am Freitag gut läuft.«
»Und der Chinese?«
Ich blinzelte. »Den lassen wir am besten schön in Ruhe.«
»Und Saleem?«
»Saleem?« Ich verschluckte mich beinahe. Ray lehnte sich zurück, faltete die Hände über dem Bauch. Die Bank quietschte.
Und ich sah Ray an, und ich sah mein Hemd an, und ich sah meine Hände an und meine Füße. Und ich sah auf. Dieser Park. Dieser Park war mein Zuhause, und jetzt war er gestohlen worden.
Dieser Park bestand auch gestern nur aus Erde und Pflanzen und Wetter. Eine Summe seiner einzelnen Teile. Jetzt bestand er aus Menschen und Gedanken und ausgeheckten Plänen. Er war vergewaltigt. Oder aber, wie Saleem gesagt hatte, es gibt Ereignisse und dann gibt es Interpretationen von Ereignissen. Ich war distanziert. Ich war immer distanziert. Der Park war im Endeffekt nie der meine. Ich war in meinem Kopf, und ich war draußen.
Ich war ausgerupft worden wie Unkraut.

Mein Fuß tat weh, aber ich ging trotzdem weiter. Ich mußte mich wieder vertraut machen. Wieder vertraut. Sehen. Berühren. Wieder bestätigen, was ich für diesen Ort empfand. Ihn zurückgewinnen. Ich hätte mit Ray sprechen sollen, hätte hören sollen, was Ray zu sagen hatte, aber ich tat es nicht, konnte es einfach nicht.
Dies ist eine körperliche Welt. Alles ist da, und wenn man will, kann man es berühren. Wenn man Zweifel hat, kann man es berühren. Man streckt einfach seine Hand und seine Finger aus.
Ich lief durch den Park. Ich wollte jeden einzelnen Gegenstand und jedes einzelne Teilchen fühlen und identifizieren, die ich zu diesem Ort beigetragen hatte. Ich wollte in jeder sich duckenden Blume, in jedem Vogel und in jeder Knospe mich selbst, mein Gesicht, meine Züge sehen.
Im Duftgarten, wo ich die Nelken und den Jasmin gepflanzt hatte, streckte ich meine Hand aus und zerrieb etwas Lavendel zwischen meinen Fingern. Ich zerrieb etwas Minze zwischen Daumen und Zeigefinger und tupfte den Finger dann auf meine Zunge. Ich konnte diesen Ort schmecken. Ich konnte ihn fühlen. Ich konnte diesen Ort riechen. Ich konnte ihn sehen.
Ich ging immer weiter. Durch den wildwachsenden Teil, wo die Eichhörnchen hin- und herhuschen. Über den Abenteuerspielplatz, wo die Kinder hüpfen und springen und herumalbern.
Dann machte ich kehrt. Ging nach rechts, am Teich vorbei. Ich hatte diesen Teich gefüllt. Ich hatte ihn geleert. Ich hatte die Bonbonpapierchen und die Münzen und die Dosen weggeräumt.

Immer weiter. Die Steine, auf denen ich ging. Die losen Kiesel. Diesen Kies hatte ich hergeschaufelt. Mit diesen beiden Händen.
Und hinauf, den Hügel hoch. Die riesige Eiche. Ich hatte diese Eiche beschnitten. Ein großes Rosenbeet nahe des Zauns. Ich hatte diese Rosen ausgesucht. Gelbe Rosen und aprikosenfarbene. Ich hatte diese Rosen gespritzt, ich hatte sie gewässert und gedüngt.
Auf der Hügelkuppe fand ich die Silberbirke und die Pappel. Ich wußte, wie sich die Rinde jedes dieser Bäume auf meinen schwieligen Handflächen anfühlte, und auch wie auf dem weicheren Handrücken, der Stelle zwischen Faust und Handgelenk.
Und das Gras. Ich hatte es gemäht. Und die Gänseblümchen. Ich hatte auch sie gemäht. Und das Unkraut. Ich hatte es ausgerissen.
Wo war die Sonne? Ich sah hinauf in den Himmel. Ich drehte mich auf der Stelle und versuchte, sie zu sehen. Sie stand hinter der großen Zeder, wie ein verlorener Ball zwischen den Ästen verborgen. Wie spät war es? Ich blinzelte wegen der Sonne, ich schloß die Augen, und sie blieb an das Innere meiner Lider geschmiegt, leuchtete grell in meinem Kopf.
Ich setzte mich. Mein Gesicht war feucht vor Schweiß. Ich leckte meine Lippen, und es war, als hätte ich meine Zunge in die Adria getaucht. Meine Augen waren noch immer geschlossen, aber die Sonne verblaßte jetzt, flackerte in mir.
Ich legte meine Hände flach auf das Gras. Durch das Gras konnte ich die Erde fühlen. Ich grub meine Nägel hinein.

Doug. Warum bedeutete ihm das Gefühl dieser Erde nicht mehr genug? Doug wollte die Dinge größer. Er wollte etwas Universales. Er wollte, daß die Farbe der Pfingstrosen, die Höhe des Pampasgrases, der Duft des Geißblatts etwas bedeuteten. Und bedeuteten sie etwas? Und sollten sie das?

Ich öffnete die Augen. Doug war in meinen Kopf geschlüpft. Doug und sein Tun, Saleem und ihre Worte, Nancy und ihre schmutzigen Hände, Ray und seine Einsicht, all dies hielt mich davon ab, über das nachzudenken, worüber ich hätte nachdenken, woran ich hätte glauben sollen. Die Erde. Die Sonne. Der Schatten. Das helle Leuchten einer Butterblume.

Ich drehte mich um und sah auf den Park, der unter mir lag, alle seine Einzelteile fügten sich zusammen. Und meine Nase juckte, und meine Augen brannten, und etwas oder jemand klopfte gegen das Innere meines Schädels. Klopf, klopf. Klopf, klopf. Versuchte, meine Aufmerksamkeit zu gewinnen.

Und wie fühlte ich mich? Was dachte ich? Wem glaubte ich? Oh Gott. Ich habe diesen Kopf so satt. Diesen Kopf so satt. Ich habe ihn satt. Ich habe es. Satt.

Ich saß auf dem Abhang im Gras. Ich wollte ein einfacher, natürlicher Teil der Landschaft sein, aber meine Gedanken ließen es nicht zu. Ich streckte die Beine aus. Ich zog das Hosenbein hoch und untersuchte meinen Knöchel. Er war über den Rand der Socke geschwollen. Er quoll wie blasser Teig aus meinem Schuh und dehnte sich über die Schnürsenkel. Er war bleich wie gekochtes Fisch-Fleisch und gefühllos, als ich hineinkniff.

Ich rollte den Ärmel hoch und untersuchte meinen Arm. Die blauen Flecken waren immer noch da, aber jetzt war er auch gekrümmt, an den merkwürdigsten Stellen verbogen wie eine sauber geschmiedete Metallröhre. An meinem Ellbogen entlang zogen sich ein paar neue rosa Flecken. Meine Schulter stach ein bißchen. Ich zupfte ein wenig getrocknetes Blut aus meinen Nasenlöchern. Wenigstens das war befriedigend.

Während ich zupfte, sah ich auf den Park hinunter. Stumpf, pflichtbewußt. Ich sah durch die Bäume, durch das hohe Gras, über die Rosen hinweg, über die Blumenbeete und den Teich. Und ich hätte schwören können, daß dort am Teich eine Katze saß. Ein großer Tiger, und sich den Schwanz leckte.

Konnte ich meinen Augen trauen? Ich stand mühsam auf und ging den Hügel hinunter. Wegen des Gefälles fing ich an zu traben, zu joggen. Am Fuß des Abhangs joggte ich weiter; zwischen den Bäumen hindurch, den Blumenbeeten, hin zum Wasser.

Cog rollte sich auf den Rücken und bot mir seinen Bauch. Ich ging in die Hocke, keuchend. Ich streichelte ihn. Während ich ihn streichelte, stieg eine kleine Wolke aus Staub und Erde auf und senkte sich wieder. Dann stand Cog auf und schlenderte davon, seine kleinen adretten Eier hinten niedlich und gleichmäßig wie ein Kirschzweig.

In diesem Moment beschloß ich, ein anderer zu werden. Beim Anblick des wiederauferstandenen Katers. Das war so seltsam. Konnte ich ein anderer sein? Vorübergehend? Konnte ich ganz und gar ein anderer sein? Ich rutschte auf allen vieren an den Rand des Teichs und sah mein Gesicht darin. Mein Gesicht sah anders aus. Geschwollene Kiefer, wilder Blick. Meine Wangen waren zerkratzt, als hätte ich mit einer Handvoll Dornen gerauft.

Wer war ich? Wer konnte ich sein? Es war mir egal. Ich konnte irgend jemand sein. Einfach irgend jemand. Ich würde sogar auf den Thrill verzichten, ein anderer zu sein, solange ich nicht mein eigenes Selbst zu sein brauchte. War das möglich?

Ja. Es war möglich. Ich konne Nicht-Phil sein. Außer-Phil. Un-fühl. Ja.

Und das Verfahren war einfach. In meinem Innern eine Lücke auszuheben wie für den Teich. Wasser in die Mitte. Fels an den Rändern. Fließendes Wasser. Felsen, die zurückhielten, beinhalteten, umfaßten, nicht weh taten. Dieser erhabene Teich in meinem Innern und ein unbeschriebener Geist. Kein Gedanke, nur pure Tat. Kein Zweifel, nur Ziel. PTZ: Park (mein Herz), Teich (mein Inneres), Ziel (ausschließlich).

Park, Teich, Ziel.

Park, Teich, Ziel.

Park, Teich, viel.

Mein Gehirn klapperte wie eine Kichererbse in meinem Schädel.

Im Hof war Blut. War es Dougs oder meins? Einige Flecken in der Nähe des Ligusters. Ein unansehnliches braunes Rinnsal. Nur Saft, sagte ich mir, eben rot, nicht grün.
Ich drückte gegen die Haustür, aber sie öffnete sich nicht. Sie war von innen abgeschlossen. Ich klingelte. Nach kurzem Warten öffnete Saleem.
»Was?«
»Kann ich kurz reinkommen?«
»Nein, ich habe zu tun. Ich putze. Ich habe den Küchenfußboden aufgewischt. Ich will nicht überall deine dreckigen Schuhabdrücke.«
Ich wich und wankte nicht. Ich war Leer-Phil. Sie kam nicht an mich heran. »Ich habe gerade den Kater gesehen, Saleem.«
»Und?«
Ich zögerte keine Sekunde. »Ich habe am Teich gerade den Kater gesehen, in voller Lebensgröße. Du hattest behauptet, er sei tot.«
»Und was ist dabei?«
»Wir haben ihn vorhin begraben.«
Saleem zog die Augenbrauen hoch. »Und?«
»Du sagtest, der Kater sei tot, deshalb haben wir ihn begraben.«
Sie kratzte sich an der Nase. »Soweit ich mich erinnere, habe ich nie gesagt, wir sollten den Kater begraben. Das war nicht meine Idee.«
Alles war im Fluß, sagte ich mir, alles war im Fluß. »Saleem, du sagtest, der Kater sei tot.«
»Ich sagte möglicherweise, der Kater sei müde. Es ist durchaus denkbar, daß ich das gesagt habe.«

Entweder war sie sehr komisch, oder sie war verrückt. Oder aber, sie war wirklich böse und wollte mir schaden. Sie könnte, ohne mit der Wimper zu zucken, jemanden umbringen. Sie roch nach Pfeffer. Sie trug einen Gummistiefel, einen alten Overall, das leere Hosenbein mit einer Sicherheitsnadel hochgesteckt, aber es baumelte immer noch.
Park, Teich, Ziel, sagte ich zu mir selbst. Das stimmte nicht. Es funktionierte nicht. Es floß nicht ordentlich. Der erhabene See in meinem Innern bekam ein Leck. Saleem füllte meinen Bauch mit Lügen. Ihre Zunge war ein Spaten, und sie schaufelte sie heraus, aus ihrem Mund in meine Ohren. Auf ihrer Zunge waren Falschheit und Täuschung angehäuft.
Saleem wollte gerade die Tür schließen, aber ich hielt sie mit der Hand davon ab. Und sehr tapfer, sehr stolz erklärte ich ihr, »Du bist genau wie jemand mit einem Ball.«
»Was?« Sie sah mich finster an.
»Weißt du, wenn ein Hundebesitzer für seinen Hund einen Ball wirft, und der Hund läuft und holt den Ball und bringt ihn zurück. Nach einer Weile langweilt das Werfen und Holen den Besitzer, und er tut nur noch so, als würfe er den Ball. Aber der Hund ist so dumm, daß er trotzdem hinter etwas herläuft, was er für den Ball hält. Obwohl da gar nichts ist. Nur dünne Luft.«
Sie sah mich immer noch finster an. »Du verstehst das ganz falsch«, sagte sie. »Du meinst den Jungen, der blinden Alarm schlug. So geht die Geschichte.«
Ich schüttelte den Kopf. Mein Gehirn klapperte. »Nein. Nicht diese Geschichte. Das ist etwas anderes.

In dieser ist es so, daß das nächste Mal, wenn der Besitzer den Ball tatsächlich wirft, der Hund ihm scheinbar immer noch glaubt, denn er läuft genauso willig hinter dem Ball her wie das letzte Mal, aber wenn er ihn zurückbringt und sein Besitzer will ihm den Ball abnehmen, dann überläßt er ihn ihm nicht mehr. Er beißt die Kiefer zusammen und läßt ihn nicht los. Er zeigt seine Gefühle wegen der vorangegangenen kleinen Täuschung. So ist es.«

Saleems Gesichtsausdruck verwandelte sich von Hohn in Verwirrung. »Phil«, sagte sie, »du hast möglicherweise eine kleine Gehirnerschütterung. Du redest Unsinn.«

Ich war wieder traurig und verletzt, aber ich war immer noch entschlossen. »Nein. Es ergibt einen perfekten Sinn.«

»Du redest Quatsch, Phil. Es klingt für dich völlig sinnvoll, denn du hast dir den Kopf angeschlagen, aber in Wirklichkeit ist es nur dummes Zeug. Glaub mir. Warte einen Moment.«

Saleem machte die Tür zu und ließ mich kurz auf der Schwelle stehen. Als sie wieder auftauchte, hielt sie ein paar Ordner, eine Tragtasche und ihre Hausschlüssel in der Hand.

»Ich bringe dich jetzt nach Hause.«

»Ich will nicht nach Hause. Ich will mit Ray sprechen.«

»Ich kann mir nicht vorstellen, daß Ray jetzt mit dir sprechen möchte. Du redest sinnloses Zeug. Komm nach Hause. Komm mit.«

Saleem griff nach meinem schlimmen Arm und zerrte

daran. Es war ein Gefühl, als würde er auseinanderbrechen. Es gab ein Ächzen, wie ein großes Schiff stöhnt und ächzt, wenn es zum ersten Mal zu Wasser gelassen wird. Ich gab nach und stolperte neben ihr her.
»Wir müssen dein Hirn ein wenig beruhigen«, sagte sie, während wir gingen. »Hier ist es wie in einem Kriegsgebiet.«
»Man sieht aber weder kämpfende Pflanzen, noch Gräser noch Bäume«, sagte ich und versuchte, mein früheres inneres Gleichgewicht zurückzugewinnen, »nur Menschen.«
»Noch so eine idiotische Bemerkung«, flüsterte Saleem, »und ich stopfe dir dein verdammtes Maul mit der Faust.«

Ich hatte mir vorgestellt, daß sich die Dinge in der Horizontalen besser anfühlen würden, aber ich hatte mich getäuscht. Ich lag flach auf dem Rücken auf meinem Sofa. Meine Füße und Knöchel lagen höher über der Armlehne. Saleem hatte darauf bestanden, daß ich mich so hinlegte. Es war extrem unbequem. Saleem selbst war in der Küche und kochte.
»Ich werde dich füttern und füttern«, rief sie durch die Küchentür, »bis du gestopft bist wie ein Truthahn.«
Nach zehn Minuten kam sie mit einem Tablett in der Hand herein. Auf dem Tablett stand ein Teller, gefüllt mit einer gallertartigen, braunen, leicht angebratenen Masse. »Setz dich auf und iß dieses Zeug.«
Ich setzte mich pflichtschuldig auf. »Was ist das?«
»Hirnnahrung.«
»Ißt du nichts davon?«

»Es reicht nur für einen, du Glückspilz.«
Saleem reichte mir den Teller und eine Gabel. Ich zerteilte das braune Zeug und schluckte einen Bissen. Es schmeckte fleischig, metallisch. Ich aß einen weiteren Bissen. Ich kaute kurz und schluckte. »Ist das Leber?« fragte ich und gabelte noch mehr auf.
Saleem grinste. »Nein.«
»Es schmeckt wie Leber.«
Saleem kratzte sich an ihrem Stumpf und hüpfte zum Kamin hinüber und studierte sorgfältig ein Photo, auf dem meine tote Tante und meine toten Großeltern am Strand von Southend posierten.
»Erinnerst du dich an heute morgen?« fragte sie mich, mir den Rücken zuwendend, »als Nancy dich hereinschleppte und deine Nase zu bluten begann?«
»Ja.«
»Erinnerst du dich, wie Doug herunterkam und dir dieser riesige Klumpen aus der Nase hing?«
»Ja.«
»Es hat mich an gebratene Blutwurst erinnert. Als ich zusah, wie du es herauszogst, habe ich mich gefragt, wie es wohl schmecken würde, wenn man es leicht anbriete.«
Ich hörte auf zu kauen. Ich stellte den Teller ab und hoppelte in die Küche und übergab mich ins Spülbekken. Ich drehte den Wasserhahn auf und spülte den Brei, den ich hervorgebracht hatte, den Abfluß hinunter. Ich goß mir ein Glas Wasser ein und kehrte zurück ins Wohnzimmer.
Saleem betrachtete immer noch das Photo. »Aber dann fiel mir ein«, sie sprach weiter, als hätte es diese Unter-

brechung unserer Unterhaltung nie gegeben, »daß gebratene Blutwurst eine Mischung ist aus Schweineblut und Fett. Blut allein würde beim Erhitzen wahrscheinlich einfach zerfallen. Das Fett ist es, das die ganze Sache zusammenhält.«

Ich starrte sie an. »Du bist eine sehr gestörte, sehr grausame Person.«

Sie drehte sich um und lächelte. »Cool, ruhig, selbstbewußt«, sagte sie. »Erinnerst du dich?«

Ich setzte mich und preßte das Wasserglas gegen meinen heißen Kopf.

»Ereignisse«, setzte sie hinzu, »und wie du diese Ereignisse interpretierst. Zwei ganz verschiedene Paar Stiefel, das habe ich dir doch gesagt.« Ich sagte nichts. »In der Beziehung mußt du noch eine ganze Menge tun, Phil. Du bist viel zu leicht zu beeinflussen. Und außerdem scheinst du entschlossen, von anderen immer nur das Schlimmste anzunehmen. Verstehst du nicht, ich bin zu dir nach Hause gekommen und habe die Nieren gebraten, die ich mir eigentlich selbst zum Abendessen machen wollte. Ein Akt der Selbstlosigkeit. Aber du bist immer noch imstande, dir einzureden, ich wollte dir schaden. Findest du das eine wirklich akzeptable, vernünftige Denkweise?«

Ich hielt mein Wasserglas vor mich und starrte es an.

»Du bist genau dieselbe Person«, sagte ich, »die mich vor cin paar Stunden dazu gebracht hat, eine lebende Katze zu begraben.« Und bevor sie etwas sagen konnte, fügte ich hinzu, »Doug hat seinen Traktor ins Gewächshaus gefahren. Dann hat er Nancy bedroht.

Und Nancy hat Dougs Gemüse zerstört und ihn dann mit einer Pistole in den Fuß geschossen, bevor sie ihn hinten in ihrem Lastwagen entführt hat.«
Ich sah über mein Glas hinweg Saleem in die Augen. »Und du findest, ich sei voreilig in meinem Urteil über andere? Du glaubst tatsächlich, ich sei immer entschlossen, in anderen das Schlimmste zu sehen?«
Saleem schnitt eine Grimasse. »Dein Problem ist, daß du glaubst, der Mensch habe kein Recht darauf, komplizierter zu sein als ein Farn oder eine blödsinnige Chrysantheme. Menschen haben ein wesentlich komplizierteres Leben als Pflanzen, Phil.«
»So denke ich überhaupt nicht; ganz und gar nicht.«
»Doch, das tust du.«
»Tue ich nicht.«
»Mein Gott, du bist richtig streitsüchtig geworden, seit du dir den Kopf angeschlagen hast. Wollen wir hoffen, daß das bedeutet, daß du morgen bei der Sitzung äußerst überzeugend und direkt sein wirst.«
Ich legte mich wieder aufs Sofa. Ich war jetzt müde. Sie sagte, »Iß die Nieren auf. Du brauchst jetzt Kraft. Du wirst dir diese Unterlagen sehr genau ansehen müssen. Du mußt dir sämtliche Quittungen und Unterlagen einverleiben.«
»Ich will die Nieren nicht. Ich will nichts wissen von diesen Unterlagen.«
Obwohl ich die Augen fest geschlossen hielt, konnte ich Saleem ganz nahe neben mir spüren. Als sie wieder sprach, fühlte ich ihren Atem an meinem Ohr und an meiner Wange.

»Willst du damit sagen«, flüsterte sie, »daß der Park dir so wenig bedeutet, daß dies, dieses kleinste aller Opfer, zu groß für dich ist? Daß die Aussicht auf die geringste Anstrengung und Unbequemlichkeit genügt, daß du alles und alle im Stich läßt? »

Aber das war es nicht. Der Park bedeutete mir zuviel, nicht zuwenig. Wie konnte man mir die Verantwortung übertragen für etwas, das ich so ausschließlich liebte?

»Such Doug, er soll gehen«, sagte ich einigermaßen unsinnig. »Ray soll gehen, oder geh selbst, wenn dir soviel daran liegt. Mir ist es egal, wer geht. Ich werde nicht gehen.«

Saleem schwieg so lange, daß ich verstohlen ein Auge öffnete, um zu überprüfen, ob sie noch da war. Sie war da. Die Atmosphäre war mit Gift und Galle geladen. Sie war da.

»Du wagst es, mir das zu sagen«, brachte sie hervor, nachdem sie schließlich irgendwo in den gutturalen Regionen ihres unteren Kehlkopfes ihre Stimme wiedergefunden hatte, »und du wagst es, anzunehmen, daß ich nicht alles opfern würde für etwas, das ich liebe?«

»Das habe ich überhaupt nicht gesagt.«

»Du wagst es, mir das zu sagen?«

Plötzlich ängstlich, sagte ich, »Die Frage ist nicht, daß man zuwenig liebt, sondern zuviel. Das meine ich. Es ist in Ordnung, wenn ein anderer zerstört, was man am meisten auf der Welt liebt, aber es ist schrecklich, wenn man es selbst zerstört. Kein Gefühl könnte schlimmer sein.«

»Du irrst dich«, Saleem sprach immer noch mühsam.

»Du irrst dich, Phil. Du siehst nicht ein, daß es besser ist, das, was man liebt, selbst zu zerstören, als es weggenommen zu bekommen. Ich habe diese Lektion gelernt, und Doug hat diese Lektion gelernt. Sogar Nancy hat sie gelernt. Aber du nicht.«

Ich schüttelte den Kopf. Sie ignorierte dieses Schütteln.

»Als sie mir sagten, sie würden das Museum renovieren und eine Kinderkrippe und ein Café daraus machen«, flüsterte sie mit tödlicher Stimme, »als sie mir sagten, sie benötigten keinen Kurator mehr, bin ich nicht einfach gegangen.« Sie grinste. »Ich bin nicht einfach gegangen. Ich habe bei dem Feuer mein Bein verloren. Und nach dem Feuer konnte niemand die Bücher, die Bilder und die Papiere wegnehmen. Niemand konnte sie wegnehmen. Und schau, wo ich sie weggeschlossen habe ...« Saleem schlug sich mit der rechten Hand auf die linke Brust. »Mein Herz. Und das ist ein sehr geschlossener, sehr dunkler, sehr sicherer Ort.«

Ich starrte sie verständnislos an. Sie stand auf. »Iß deine Nieren auf«, sagte sie, und dann nahm sie ihren Stock und ließ mich allein.

Ich ließ ein warmes Bad einlaufen und weichte jeden Zentimeter Haut darin ein. Ich hielt den Kopf unter Wasser und atmete das Wasser durch die Nase, schluckte einiges, blies den Rest aus, Erde und Schmutz und flockige rote Rückstände.

Ich hatte gehofft, daß ich mich nach dem Bad mutiger fühlen würde, aber dem war nicht so. Ich schaute in den Spiegel und sah dort immer noch dieselbe haarige, verängstigte Kreatur, die mich anstarrte.

In meinem Schlafzimmer zog ich mir ein sauberes Hemd und eine Hose über. Ich holte auch meinen Anzug hinten aus dem Schrank, meinen Beerdigungsanzug, und legte ihn ausgebreitet auf das Bett. Meinen Beerdigungsanzug. Wessen Beerdigung? Ich räumte den Anzug wieder weg.

Noch immer lag auf dem Kopfkissen Dr. John Sledges »Ich bin nicht wütend, ich bin verletzt«. Ich hob es auf. Ich schlug es auf. Oben auf der Seite stand in fetten Buchstaben eine Überschrift. Sie lautete: WAS HABEN SIE ZU VERLIEREN?

> Alles oder nichts? Denken Sie einen Moment darüber nach. Überlegen Sie sich die Frage ernsthaft, und wenn Sie das getan haben, denken sie daran:
>
> 1) Wenn Sie VIEL zu verlieren haben, warum gehen Sie dann das Risiko ein, es zu verlieren? Wenn Sie VIEL zu verlieren haben, dann haben Sie etwas, wofür es sich lohnt zu kämpfen.
>
> 2) Wenn Sie NICHTS zu verlieren haben, warum zögern Sie dann? Handeln Sie heute. Inwiefern könnte es Ihnen schaden? Die Dinge können nur besser wer-

den. Sie haben NICHTS zu verlieren, aber alles zu gewinnen.
Sprechen Sie mir laut nach: »Ich habe nichts zu befürchten außer der Angst.« Noch einmal, »Ich habe nichts zu befürchten außer der Angst.« Fühlen Sie sich jetzt besser? Gut gemacht. Warum ich Sie lobe? Das kann ich Ihnen sagen. Ich lobe Sie, weil Sie auf dem Weg sind, sich selbst zu heilen. Es ist eine großartige Reise. Reisen Sie mit mir.

Ich klappte das Buch zu, drehte es um und betrachtete das Photo von Dr. John Sledge auf der Rückseite. Dr. Sledge war jünger, als ich ihn mir vorgestellt hatte. Sein Kopf glich einem Kürbis. Er strahlte eine Art gespenstischer, glänzender, ungeschlachter Gesundheit aus. Zwischen Oberlippe und Nase hatte er einen Leberfleck. Er lächelte breit, mit perfekten Zähnen. Ich sagte laut, »Dr. Sledge, wenn sie sich in einem Zug neben mich setzten, würde ich das Abteil wechseln.«
Ich kochte mir Kaffee. Ich aß drei Butterbrote. Während ich aß, dachte ich darüber nach, was ich noch zu tun hatte. Kantenschneiden im Rosengarten, die Hortensien mußten zurückgeschnitten werden. Mir war aufgefallen, daß einige Abfallkörbe bei den Tennisplätzen voll waren. Was noch? Nichts mehr.
Ich suchte meine Schlüssel, fand sie, nahm einen Pullover von der Stuhllehne, denn draußen war es frisch geworden. Als ich den Pullover nahm, stieß ich gegen die Ordner, die Saleem auf den Küchentisch gelegt hatte, in gefährliche Nähe zur Tischkante. Ich fluchte. Der obere fiel herunter, und der nächste fiel hinterher.

Die Papiere in ihrem Innern ergossen sich über den Fußboden. Und während ich jedes Blatt einzeln aufsammelte, sagte ich zu mir selbst, Siehst du das? All dieses Schreiben und Planen und Rechnen? Dieses Zeug ist das Geschäft. Der Park, nun, das ist etwas ganz anderes. Das sind zwei verschiedene Dinge. Ganz und gar voneinander getrennt.

Aber das Papier war mit Dougs enger Handschrift bedeckt. Dougs Zahlen und Buchstaben. Ich konnte nicht anders, als in diesen Papieren Doug zu erkennen. Ich hob sie auf. Einige waren mit Kritzeleien bedeckt, auf anderen waren Tintenflecken, Teetropfen, Krümelreste. Einige waren zerknittert, andere ganz glatt. Einige klebten zusammen. Ich versuchte, sie zu trennen, als Tribut an Doug, und dann geschah hier, vor meinen Augen, das Allerunglaublichste.

Das Papier faltete sich auf. Mehrere Blätter waren mit Klebestreifen zusammengeklebt, absichtlich miteinander verbunden. Ich faltete sie auseinander, einen Bogen und zwei Bögen, drei, vier, und sie enthielten die vollkommenste, detailgenaueste, exakteste und schönste Skizze des Parks, ausgeführt in grüner und roter Tinte – verrückte Farben: alle seine Teile, aber auch etwas Neues.

Ein kleiner Irrgarten, phantastisch detailliert. Ein herzförmiger Irrgarten mit einem Wasserfall in der Mitte. Reichverzierte Statuen in Sackgassen, gelegentliche Bögen und Spaliere, Geißblatt. Sonnenblumen und Klatschmohn wuchsen zwischen Liguster. Betonfrösche lugten um Ecken, und Fasane spreizten ihre gläsernen Federn.

Und endlich sah ich Doug. Ich sah Doug. Meine Hände fingen an zu zittern, meine Augen füllten sich mit Tränen, denn endlich sah ich Doug. Er stand direkt vor mir. Er war nicht mehr länger verschwunden.

Ich vergaß all die anderen Aufgaben. Statt dessen starrte ich scheinbar eine Ewigkeit auf Dougs Skizzen. Ich sagte mir, daß er selbstverständlich verrückt war. Selbstverständlich war er das. Und während ich mir sagte, Doug sei verrückt, klang es in meinen Ohren wie das größte Kompliment, ein Ritterschlag, der süßeste Segen.

Nachdem ich mich mit sämtlichen Details von Dougs verrücktem Plan sorgfältig vertraut gemacht hatte, las ich auch noch die anderen Sachen. Ich brachte die Quittungen einigermaßen in eine Reihenfolge, ich rechnete aus, wieviel wir im letzten Jahr ausgegeben hatten und wofür, und wieviel wir durch sorgfältiges Wirtschaften gespart hatten. Ich versuchte herauszufinden, ob wir den Schaden am Gewächshaus unter den gegebenen Haftungsbedingungen von unserer Versicherung einfordern konnten. Und dann ging ich aus dem Haus.

Ich ging aus dem Haus und lief sehr lange durch den Park. Die Angelegenheiten mußten geordnet werden, und ich war mir nicht ganz sicher, wer sie ordnen würde. Würde ich es tun? Könnte ich es?

Ich lief sehr lange herum und fand mich irgendwann vor einer Apotheke in Southgate wieder, die nachts geöffnet hatte, und dann stand ich im Innern vor dem Ladentisch.

»Kann ich Ihnen helfen?« Es war ein junger Mann mit rotem Haar und braunen Augen. Er trug einen weißen Kittel und eine Brille. Ich sagte, »Ich möchte bitte ein Päckchen extrakleiner Kondome.«

Leicht überrascht zeigte er zu meiner Linken. »Da drüben, auf dem Ladentisch. Wir haben verschiedene Sorten, alle Größen.«

Ich sagte, »Es ist manchmal schwierig, extrakleine zu finden, weil ... sie extraklein sind.« Mein Gesicht war ein Feuerwehrauto.

»Soll ich Ihnen suchen helfen?«

Cool, ruhig, selbstbewußt. Atmen eins, atmen zwei, atmen drei. »Das ist nett von Ihnen, danke.«

Meine Stimme würde gleich versagen. Ich fand, daß ich mich schottisch anhörte; Vokale krochen wie Krabben überall aus meinem Mund.

Er stöberte eine Weile und förderte drei verschiedene Packungen zutage.

»Drei Sorten. Welche ist Ihnen am liebsten?«

»Egal. Alle. Ich nehme alle drei. Danke.«

»Soll ich sie Ihnen in eine Tüte stecken?«

»Das ist nett. Danke.«

»Hier.«

»Danke. Vielen Dank.«

Wie man sehen kann, ist das Problem eigentlich simpel. Es ist alles eine Frage des Bedürfnisses – nicht nur des Bedürfnisses, sondern der Notwendigkeit, etwas Kategorisches. Ein Teil der Landschaft sein zu müssen. Es geht darum, irgendwohin zu gehören, dazugehören zu wollen und nicht zu wissen, ob die anderen es auch zulassen werden, daß man sich irgendwann einmal fühlt, als gehöre man dazu.

Es ist mehr als das, sogar viel mehr als das. Es ist wie der Wunsch, tatsächlich, physisch ein Teil der Landschaft sein zu wollen.

Tiere sind so. Ein Vogel gehört zum Himmel und zu den Bäumen, gerade so wie die Bäume und der Himmel selbst dazugehören. Niemand stellt in Frage – niemand denkt daran –, ob der Wurm, den ein Vogel aus der Erde zieht, ihm rechtmäßig gehört. Wie könnte eine Beere irgendwo anders hingehören als in den Magen eines Spatzen? Niemand bezweifelt das.

Nur Menschen. Wo ist unser Platz? Wie kommen wir zu unserem Platz? Wie wissen wir, ob wir ihn gefunden haben, und wen können wir fragen? Einige Menschen werden immer das Gefühl haben, sie hätten ihren Platz gefunden, und werden anderen das Gefühl geben, ihn nicht gefunden zu haben. Und andere werden ihn nie finden und nie das Gefühl haben, ihn gefunden zu haben, sie werden dieses Gefühl nie, nie kennen.

Alle diese Gedanken, jeder einzelne, waren meine Methode, den Dingen auszuweichen, die passierten, die passieren würden. Und ich würde sie nicht aufhalten. Ich würde sie nicht aufhalten können.

Ich hatte nach den Kondomen gefragt, nicht wahr? Saleem hatte recht. Vielleicht war der einzige Weg, nicht mehr schüchtern zu sein, der, es nicht länger vermeiden zu wollen. Solche Situationen zu suchen, sogar zu versuchen, sie zu genießen. Sie anzunehmen.

Ich lief sehr lange herum und nahm dann einen Bus und landete in Enfield vor einer Apotheke, die die ganze Nacht geöffnet hatte. Und dann stand ich in der Apotheke und erzählte der Verkäuferin – eine kleine, dunkle Frau mit silbrigem Bärtchen –, ich hätte Sackläuse. Haben Sie etwas gegen Sackläuse? Gibt es mehrere Arten von Sackläusen? Wie meine aussehen? Ich weiß es nicht genau. Kleine, rötliche Dinger, Winzlinge.
Ich nahm einen anderen Bus, fuhr immer weiter und landete schließlich in Wood Green. Eine junge Frau war in der Apotheke, eine attraktive junge Frau mit roten Lippen und schwarzen Augen.
Cool, ruhig, selbstbewußt.
»Ich hätte gerne Tampons für meine Mutter. Ein Notfall.«
»Irgendeine bestimmte Sorte? Es gibt verschiedene.« Sie zeigte sie mir.
»Welche sind gut?«
»Tampax, Li-lets, sie sind alle nicht schlecht.«
»Super, Normal, Mini? Oh Gott.«
»Warum nehmen Sie nicht Normal? Damit machen Sie nichts falsch.«
»Nein?«
»Ich glaube nicht.«
»Sie hat nichts gesagt.«
»Nun, sie müssen es wissen.«
»Vielleicht hätte sie ja auch lieber diese gepolsterten Dinger.«

»Binden.«
»Ja, vielleicht lieber Binder.«
»Binden.«
»Wie bitte?«
»Sie sagten ›Binder‹.«
»Oh, tut mir leid.«
»Damit wären Sie in einem Malergeschäft besser aufgehoben.« Sie lachte.
»Tut mir leid. Sie halten mich vermutlich für einen Idioten.«
»Es geht nicht darum, was ich denke, es geht um Ihre Mutter. Die ist schließlich in einer kritischen Situation.«
»Ich bin in einer kritischen Situation.«
»Ich kenne das Gefühl.«
»Ja?«
»Klar.«
»Ich nehme die normalen Tampons. Sie haben recht.«
»Gut.«
Sie nahm sie und packte sie ein. Ich bezahlte.
»Sie sind heute abend schon ganz schön rumgekommen«, sagte sie lächelnd und zeigte auf meine beiden anderen Tüten.
Ich war jenseits des Errötens. Heiß und rot und heiß und rot und heiß und rot und heiß und rot. Inzwischen war es egal. Die Lage war zu miserabel. Ich schüttelte den Kopf. »Ich bin nur ein Wichser.«
»Ach so. Gut.« Sie zuckte die Schultern und lachte.
»Danke.«
»Gerne geschehen.«

Beinahe zehn Uhr. Ich stand an der Bushaltestelle, geblendet von den Leuchtreklamen des Einkaufszentrums, benommen angesichts des allgegenwärtigen Betons, von Ziegel, Glas, Plastik, all den anderen städtischen Dingen. Ich stellte mir die Erde unter dem Einkaufskomplex vor, hart und flachgedrückt und fest gepackt vom Gewicht der Stadt darüber; gequetscht, zusammengepreßt, nutzlos wie das Innere eines entzündeten Backenzahns. Und der Atem der Stadt, der aus ihrem fauligen Mund strömte, warm von Abgasen, dunkel und stinkend.

Eine Zeitlang kamen keine Busse. Ich ging los. Seitlich an meinem Fuß hatte ich eine Blase. Meine Schuhe waren nicht das Problem, lediglich die Tatsache, daß ich meinen verletzten Fuß beim Humpeln anders aufsetzte und das Leder deswegen scheuerte.

Am »Top Rank Bingo« und an der U-Bahn-Station Wood Green vorbei, vorbei an der Busgarage, der Stadthalle, der Kirche, immer weiter. Vor dem »Tottenham« hatte ich auf dem Asphalt einmal ein paar Zähne gefunden – ein in Pastelltönen gestrichener Pub, doch die langweilige Farbe täuschte – und wechselte deshalb, bevor ich daran vorbeikam, auf die andere Straßenseite, wo »Fagin's Talk of the Town Nightspot« pochte und tobte, die Discoscheinwerfer den Asphalt abwechselnd bleichten und in blutrotes Licht tauchten und Musik in die nächtliche Luft strömte. Hätte ich die Straßenseite nicht gewechselt, hätte ich ihn nicht gesehen. Hätte mein Fuß nicht wehgetan, hätte ich nicht angehalten, um meinen Schuh zurechtzurücken. Aber ich blieb stehen und sah ihn. Seitlich unterhalb von »Fa-

gin's«, halb im Schatten, halb im Licht einer Straßenlaterne, stand ein DAF Roadrunner, weiß, in gutem Zustand, Gott-weiß-wann Lastwagen des Jahres.
Ich ging hin und besah ihn mir genauer. Erinnerte ich mich an das Kennzeichen? Ich erinnerte mich nicht. Ich wäre beinahe weitergegangen, als mir das vordere Blinklicht auffiel. Das linke. Es war kaputt.
Ich rannte zur hinteren Tür und versuchte sie zu öffnen. Abgeschlossen. Ich klopfte gegen das Heck. Kein Laut. Ich preßte mein Ohr dicht an das kühle Metall und hielt den Atem an, aber im Innern war nichts zu hören.
Fagin's. Legendärer Nachtclub in Nord-London. Über dem Eingang, rotzgrün, lebensgroß, eine Messingstatue von Fagin persönlich, einem mageren, wenig vertrauenswürdig aussehenden Kerl mit einem Stetson, die Gitarre über die Schulter geschlungen, zwei Finger zu einem schwächlichen Friedenszeichen erhoben.
Eigentlich wollte ich nicht hinein, ging aber trotzdem. An der Tür fünf Pfund. Rote Lichter blitzten auf und beleuchteten kleine Gruppen von Leuten, die in intimen, mit rotem Samt ausgeschlagenen Nischen zusammengluckten. Keine Nancy. Ein paar Typen an der Bar hielten sich an ihren Drinks fest. Keine Nancy. Drei Leute auf der Tanzfläche, die sich wenig grazil verrenkten und jeden Blickkontakt untereinander oder mit mir sorgfältig vermieden, während ihre Münder tonlos den Text des Songs formten, der gerade gespielt wurde, *»Ain't no stopping us now. We're on the move! Ain't no stopping us now. We're on the groove«!*
Ich sah mich blinzelnd um, hielt Ausschau nach

Nancy, sah sie aber nicht. Ich beschrieb sie einigermaßen detailliert dem Barmann. Der konzentrierte aber den größten Teil seiner Aufmerksamkeit auf das Auswechseln einer Flasche Malibu. Als ich insistierte, zuckte er mit den Schultern und schüttelte den Kopf. »Meine Schicht hat gerade erst angefangen.«
Ich bestellte mir einen Drink, trank ihn aber nicht. Ich ließ ihn auf dem Tresen stehen und ging an den Toiletten und der Garderobe und dem Garderobenmädchen vorbei in Richtung Ausgang. Plötzlich blieb ich wie angewurzelt stehen und ging noch einmal zurück. »Entschuldigung«, sagte ich und beschrieb ihr Nancy.
Das Mädchen zwinkerte. »Hast du einen Schein?«
»Bitte?«
»Einen Schein.« Sie streckte die Hand aus und grinste. Sie trug hoch oben auf dem Kopf einen festen Pferdeschwanz, was sie wie eine Ananas aussehen ließ, und hatte weit auseinander stehende Zähne. Sie war ein Marsmensch.
»Ich habe keinen Schein.«
Das Mädchen grinste immer noch. Sie sagte, »Normalerweise muß man einen Schein vorweisen, wenn man etwas abholen will. Du könntest ja schließlich irgendwer sein. Wie soll ich wissen, ob der in Frage kommende Gegenstand wirklich dir gehört?«
Mit dem Daumen wies sie über ihre Schulter, wo auf numerierten Bügeln einige wenige Sommerjacken hingen. Ich starrte verständnislos auf die Jacken.
Das Mädchen warf den Kopf zurück, und ihr Haar hätte mir beinahe ein Auge ausgestochen. »Nicht da, du Dummkopf, auf dem Fußboden.«

Ich schaute nach unten. An der Wand, zu einem unbequemen Häufchen zusammengekauert und halb mit einer Jeansjacke zugedeckt, offensichtlich schlafend – die Augen geschlossen –, aber mit den ruhig würgenden Geräuschen einer Katze, die sich den Magen mit Gras vollgeschlagen hat: Nancy.

»Wie lange liegt sie schon da?«

»Seit sie zuviel getrunken hat und an der Bar ohnmächtig geworden ist.«

»Ist sie in Ordnung?«

»Was glaubst du, Einstein?«

Das Mädchen öffnete die Klappe und winkte mich hinein. »Nimm sie mit, bevor sie hier anfängt zu kotzen.«

»Nancy?« Ich kauerte mich neben sie und berührte ihre Schulter. »Nancy? Wach auf.«

Sehr langsam öffnete Nancy ihr rechtes Auge und sah mich an.

»Nancy, ich bin's, Phil.«

Kein Schimmer des Erkennens. Das Garderobenmädchen kam und stellte sich neben mich. Ich sagte, »Ich glaube, sie weiß nicht einmal, wer ich bin.«

Das Mädchen betrachtete aufmerksam Nancys Gesicht. »Nein, sie ist in Ordnung, es ist nur ihr schlimmes Auge. Das rechte. Sie kann dich von dieser Seite aus einfach nicht sehen.« Sie knuffte Nancy gegen die Schulter. »Los, du. Zeit, nach Hause zu gehen.«

Nancy war seit vor Weihnachten auf einem Auge blind, und dies war das erste Mal, daß mir das wirklich aufgefallen war; und dennoch hatte der Ananaskopf das anscheinend in kürzester Zeit festgestellt und umge-

setzt. Ich sah sie mit neugewonnenem Respekt an. »Woher weißt du das? Mit dem Auge, meine ich?«
Das Mädchen rückte ihren Pferdeschwanz zurecht und sagte, »Es ist mir aufgefallen, als sie ihre Jacke abgegeben hat. Ich habe den Schein direkt rechts neben ihr auf die Theke gelegt, und sie schien ihn nicht zu sehen.«
Ich starrte eindringlich in Nancys rechtes Auge und sah, daß es klar war und glasig. Und plötzlich fühlte ich mich fast den Tränen nahe. Dieses tote rechte Auge löste in mir die merkwürdigste Empfindung aus – als wären meine Gefühle, meine Gefühle und die Realität, die Realität, zwei grundverschiedene Dinge. Meine Gefühle und die Realität. Ich hatte mit einer Illusion gelebt.
Meine Gedanken wanderten zu Doug und zu dem, was er heute morgen im Gewächshaus gesagt hatte. Wenn du deinem eigenen Instinkt nicht vertrauen kannst, worauf vertraust du dann? Ich sah auf Nancy hinunter. Was macht einen Menschen schließlich aus, wenn man von seinen Gefühlen einmal absieht? Was sind menschliche Wesen anderes als kleine Bündel aus Gefühlen, Verstand und Mißverständnissen?
Nancy röchelte noch stärker. »Raus!« schrie das Garderobenmädchen. »Bevor sie kotzt. Schnell!«
»Nancy.« Ich rüttelte sie an der Schulter, diesmal kräftiger. »He, Nancy, wach auf!«
Sehr langsam, sehr bedächtig öffnete Nancy ihr anderes Auge weit und dann noch weiter.
»Phil!« murmelte sie, und es hörte sich an, als hätte sich ihre Zunge um ein Dreifaches vergrößert und sei im Begriff, ihren ganzen Kopf auszufüllen. Ihr rechtes

Auge starrte durch mich hindurch, das linke glitt unruhig hin und her.
»Hallo Nancy, wo ist Doug?«
Sie drehte den Kopf. »Doug? Wo?«
Sie äugte mich erwartungsvoll an. Ich starrte einen Moment zurück, bis mir dämmerte, daß sie nicht die Absicht hatte, es mir zu sagen, sondern daß sie auf eine Antwort wartete. Ich sagte, »Ist er nicht mehr in deinem Lastwagen?«
»Tut mir leid«, murmelte Nancy verschwommen, »das ganze Ge-mü-se.« Nach einer kurzen Pause fügte sie hinzu, »Bumm! Wie Gregory Peck. Bumm!« Sie kicherte und malte mit ihren Händen erbärmliche kleine pilzförmige Wolkengebilde in die Luft.
Ich sah zu dem Garderobenmädchen auf. »Erinnerst du dich zufällig, ob sie allein hierhergekommen ist oder mit jemandem zusammen? Einem Mann?« Das Garderobenmädchen war nicht mehr so kooperativ wie vorhin. »Sie hätte mit siebzehn Eunuchen und einem Terrier kommen können. Ist mir doch egal. Ich will, daß sie von hier verschwindet.«
Nancys Augen schlossen sich wieder. »Komm schon«, sagte ich und packte sie am Arm. Ich versuchte, sie hochzuziehen, aber ich war nicht kräftig genug.
»Geh mir aus dem Weg, du Mickerling«, ließ sich das Garderobenmädchen vernehmen, stieß mich zur Seite, ging in die Hocke und drapierte sich Nancy mit offensichtlicher Leichtigkeit über die Schulter. »Ich schaffe sie den Flur runter bis zum Telefon, der Rest ist dann deine Sache«, erklärte sie bissig und schritt voran.

Der Taxifahrer starrte auf Nancy und sagte, »Wenn sie in meinen Wagen kotzt, lasse ich es dich bis auf den letzten Tropfen auflecken.«

Ich gab ihm Rays Adresse und verbrachte die ganze Fahrt damit, Nancys Mund und Kehle zu beobachten, um, falls sie würgte, jedwede Flüssigkeit mit meinen hohlen Händen oder meinen Hemdschößen aufzufangen.

Nancy schien weder zu wissen, was sie tat, noch wohin sie fuhr. Sie lag quer über meinem Schoß und hechelte wie ein alter Hund, wenn die Sonne mittags ihren Höchststand erreicht hat und der Schatten, in dem er gelegen hat, sich ein kleines Stückchen weiterbewegt hat, er aber zu alt ist und zu müde, um seine alten Knochen weiterzuschleppen. Sie hechelte genau so, aber Gott sei Dank würgte sie nicht. Ich versuchte trotzdem, mit ihr zu reden. »Doug?« fragte ich immer wieder. »Wo hast du ihn hingebracht? Ist er immer noch im Lastwagen? Hat er geblutet?« »Für mich einen Bacardi«, krächzte sie, »mit Cola und Eis.«

Als wir angekommen waren, hatte der Fahrer keine Lust, mir mit Nancy zu helfen, aber es blieb ihm keine andere Wahl. Sie mußte bewegt werden, und ich war nicht Manns genug, sie zu bewegen. Er ließ sie auf Rays Türmatte plumpsen. Sie grinste dankbar zu ihm auf, während er von mir einen zu hohen Preis verlangte.

Ray öffnete die Tür in einem gestreiften alten Nachthemd, das knapp seine Knie bedeckte. Er sah aus wie ein wächserner, buttriger Wee-Willie-Winkie.

»Dann hast du Nancy also gefunden«, sagte er und

klang nicht im mindesten überrascht. Er hob sie auf und warf sie sich wie einen Sack Kompost über die Schulter. Ich ging hinter ihm her nach oben in seine Wohnung. Dort warf er sie mit dem Gesicht nach unten aufs Sofa. Sie stieß ihre Nase in ein Kissen und keuchte.

»Und was ist mit Doug?« fragte Ray. »Hast du den auch gefunden?«

»Nein.«

Er sah auf Nancy hinunter. »Hat sie dir irgendwas erzählt?«

»Zu betrunken. Ich habe ihren Lastwagen gefunden. Ich habe hinten dagegen gehämmert, hatte aber das Gefühl, Doug sei nicht drin. Es gibt so ein bestimmtes Echo, wenn er leer ist.«

Ray studierte seine Handflächen. »Dann hat sie ihn entweder unterwegs irgendwo rausgesetzt, oder sie hat ihn in ein Krankenhaus gebracht...«

»Oder aber...«

»Was?«

»Oder aber sie hat ihn von vornherein nie mitgenommen.«

Ray schien von dieser Argumentation nicht beeindruckt. »Warum hätte sie dann ihren Lastwagen nehmen, abhauen und sich derart betrinken sollen, daß sie kaum noch einen Satz zusammenbringt?«

Ich schüttelte den Kopf. »Ich weiß es nicht. Vielleicht hat sie sich geschämt. Sie hat das Gewächshaus zerstört. Dessen bin ich mir sicher.«

»Und vielleicht«, ergänzte Ray und spann die Warums und Wiesos dieser Spekulationen weiter, »vielleicht hat

Saleem Doug schließlich doch erzählt, daß Nancy auf einem Auge blind ist, obwohl sie versprochen hatte, es nicht zu tun.«
Das klang plausibel, aber ich fragte mich, was Saleem dadurch gewonnen hätte. Das sagte ich Ray. Ray starrte mich mit weit aufgerissenen Augen an.
»Dich natürlich«, sagte er.
»Mich?«
»Sie mag dich.«
»Nancy mag mich?«
Das brachte Ray zum Kichern. Wenn er lachte, spannte sich sein Bauch, und sein Nachthemd schob sich nach oben und entblößte seine grübchenbesetzten Knie. »Nicht Nancy, Saleem!«
»Saleem?«
»Ja.«
Meine Kinnlade fiel herunter. »Das weißt du doch nicht.«
»Ich weiß es.«
»Sie kann mich nicht ausstehen.«
»Sie kann niemanden ausstehen, aber bei dir zeigt sie eine ganz spezielle, hm, Intensität.« Ray war stolz auf diese ausgefallenen vier Silben. Wenn es möglich gewesen wäre, hätte er sie als Abzeichen am Revers getragen.
Ich sagte, »Ich glaube, das bedeutet einfach, daß ihre Wut auf mich größer ist als auf andere, nicht, daß sie...« Ich konnte es nicht aussprechen, unter keinen Umständen. »Nicht, daß sie mich ... besser leiden kann.«
Ray zuckte die Schultern. »Ich wollte dir nicht zu nahe

treten, ich dachte mir nur, es könnte etwas mit dieser speziellen Situation zu tun haben.«

Er nickte in Nancys Richtung. »Sie glaubt, daß du sie nicht leiden kannst«, fügte er spontan hinzu.

»Nancy?«

»Nein, Saleem!« Er lachte.

»Sie glaubt, ich könne sie nicht leiden? Wie kommt sie denn darauf?«

»Ich weiß es nicht. Sie glaubt es eben.«

»Woher weißt du das?«

»Durch Kleinigkeiten.«

»Zum Beispiel?«

»Nun...« Ray dachte eine Weile nach, »sie glaubt, sie mache dich wütend. Du hörst ihr nie zu, wenn sie mit dir redet. Du reagierst nur irgendwie sauer.«

»Sauer?«

»Ja.«

Ich kratzte meinen Bart. Warum führte ich diese Unterhaltung? Es war so peinlich, und ich akzeptierte diese Peinlichkeit, aber Ray hatte eindeutig keine Ahnung, wovon er redete.

»Vielleicht sollten wir Mercy anrufen«, sagte Ray, plötzlich das Thema wechselnd, »und herausfinden, ob Doug dort ist. Ich könnte auch ein paar Krankenhäuser in der Umgebung anrufen und feststellen, ob er aufgenommen worden ist.«

»Es wäre nicht gut, Mercy anzurufen und sie unnötig aufzuregen«, sagte ich und merkte dann, daß Saleem heute nachmittag genau das gleiche gesagt hatte. »Ich bin überzeugt, Doug ist imstande, selbst auf sich aufzupassen. Ich kann mir nicht vorstellen, daß Nancy ihm etwas angetan hat. Wir müssen einfach abwarten, bis sie ein bißchen nüchterner ist, und sehen, was sie dann sagt.«

»Und was ist mit der Sitzung?«

»Bis morgen früh wird Doug hoffentlich wieder aufgetaucht sein.«

»Und was ist, wenn er durchgedreht ist?«

»Dann finden wir eine Lösung.«

Nancy fing an zu schnarchen. Ihr Mund im Kissen vibrierte.

»Sie hat da ihren eigenen Schalldämpfer«, lächelte Ray und setzte dann hinzu, »übrigens glaube ich nicht, daß sie im Herzen ein schlechter Mensch ist. Ich glaube nicht, daß sie das Gewächshaus zerstört hätte, wenn nicht jemand anderes sie dazu angestiftet hätte.«

»Nun, ich war es nicht«, sagte ich einigermaßen dümmlich.

»Ich auch nicht«, sagte Ray schnell. »Und Doug sicher auch nicht. Und der Chinese ...«

»Vergiß ihn.«

»Ja.«

Wir sahen einander eine Weile schweigend an, dann führte Ray mich hinaus.

Ray wohnt in einer seltsamen Straße. Sie heißt Avondale Road, und seine Wohnung liegt neben dem Haus, in dem einst die Dichterin Stevie Smith gewohnt hat. Ich sah auf meine Uhr. Elf Uhr zweiundzwanzig. Und jetzt?

Soweit ich weiß, war Stevie Smith Palmers Greens berühmteste Einwohnerin. Das Haus, in dem sie gelebt hat – ein schlichtes, unauffälliges Gebäude –, wurde nur durch die kobaltblaue Plakette an der Hauswand zu etwas Besonderem. Ich betrachtete die Plakette, aber es war zu dunkel, um sie richtig zu lesen.

Und über Stevie wußte ich nicht viel, außer daß sie mit ihrer Tante zusammenlebte und sich wie ein kleines Mädchen kleidete, als sie alt war und manchmal, wenn sie einsam war, ein wenig zuviel trank. Und noch etwas anderes: Sie war loyal. Sie wohnte ihr ganzes Leben in Palmers Green. In dieser Straße. Manchmal ritt sie in den Parks oder ging dort spazieren. Und sie liebte diesen Ort, die seltsame, einsame alte Stevie, sie liebte diesen Ort, genau wie ich. Genau wie Doug. Genau wie Ray und Nancy. Genau wie Saleem.

»Wo ist Doug?«

Saleem hatte Cog unter dem Arm. Sie sah nicht aus, als hätte sie mich erwartet. Sie trug eine schmutzige Weste und ein Paar abgeschnittene Jeans. »Was zum Teufel machst du hier?«

»Ich habe gesehen, daß Licht brannte.«

»Und?« Sie hielt Cog unter dem Arm wie eine Wärmflasche.

»Doug. Wo ist er? Ist er im Haus? Ist er oben?«

»Was sind das für blöde Fragen? Nancy hat ihn. Das habe ich dir doch gesagt.«
»Ich habe Nancy getroffen. Er war nicht bei ihr.«
»Was hat sie dir erzählt?«
»Nichts. Sie war betrunken.«
Saleem leckte sich die Lippen. »Sie ist eine solche Schlampe. Geschieht ihr recht, daß sie rausgeworfen wurde.«
»Vor kurzem hast du ganz anders geredet.«
»Vielleicht habe ich meine Meinung geändert. Das ist ist ein Vorrecht der Frauen.«
»Hast du Doug davon erzählt?«
»Wovon?«
»Von Nancys Auge?«
»Natürlich nicht. Aber ich werde auf alle Fälle darüber nachdenken, ob ich es nicht doch tun werde, wenn du morgen nicht zu dieser Sitzung gehst.«
»Nein«, sagte ich, »du wirst es Doug nicht erzählen.«
Saleem packte Cog fester, der angefangen hatte, sich zu drehen und zu winden. Ihr Arm lag wie ein Schraubstock um seine Mitte. Als sie ihren Griff verstärkte, entfuhr ihm ein kleiner, protestierender Maunzer.
»Warum nicht?« fragte Saleem, und ihre Augen wurden zu Schlitzen. »Nancy kann ersetzt werden.«
»Ich werde dir sagen, warum nicht. Wenn du Doug von Nancys Auge erzählst, werde ich ihm erzählen, daß du das Museum angezündet hast. Ich werde Doug und jedem, der es hören will, erzählen, daß es Brandstiftung war, kein Unfall.«
»Ich glaube nicht, daß du so etwas tun würdest.«

»Du kannst es ja darauf ankommen lassen.«
Saleem sagte eine Weile nichts, dann sagte sie, »Warum kommst du eigentlich nicht herein? Wir sollten darüber reden. Ich habe gerade Tee gekocht.«
Sie machte die Tür weit auf. Ich zögerte. »Hör zu«, sagte sie plötzlich, »natürlich würde ich Doug nichts über Nancy erzählen. Ich versuche bloß sicherzustellen, daß du morgen da hingehst. Das ist alles. Ich habe mit Nancy kein Problem. Verstehst du?«
Vielleicht wußte sie, daß ich keinen großen Wert darauf legte, hereinzukommen. Sie wandte sich um und ließ die Tür los, so daß ich sie abfangen mußte, wenn ich verhindern wollte, daß sie mir vor der Nase zufiel; und als ich sie wieder aufgestoßen hatte, war Saleem bereits in der Küche verschwunden. Ich machte die Tür hinter mir zu und folgte ihr. Sie hielt zwei dampfende Tassen Tee in den Händen und bot mir eine an. »Kräuter«, sagte sie. »Pfefferminze. Setz dich.«
Ich setzte mich. Saleem trank einen Schluck von ihrem Tee. »Ich nehme an, du hast den Irrgarten zwischen den Quittungen und den anderen Papieren gesehen«, sagte sie.
»Ja.«
»Er hat all den Liguster bestellt und hat nicht einmal Planungserlaubnis. Er weiß ganz genau, daß sie ablehnen würden. Ich glaube nicht, daß man der Gemeinde Enfield zuviel Phantasie vorwerfen kann.«
»Wahrscheinlich nicht.« Ich nippte an meinem Tee. Er schmeckte entsetzlich. Zu stark und nicht nach Pfefferminze. Eher nach Fenchel.
»Ich muß schon sagen«, fuhr Saleem fort, »daß ich von

deiner Loyalität Nancy gegenüber sehr beeindruckt bin. Sehr beeindruckt.« Sie fixierte mich mit ihrem stählernen Blick und lächelte. Ich trank noch etwas Tee. Ich schaute in meine Tasse und trank dann noch mehr.
Atmen eins, dachte ich, atmen zwei, atmen drei.
»Was ich mich frage«, sagte Saleem, fügte dem aber nichts hinzu. Ich fragte mich, was Saleem sich fragte, erkundigte mich aber nicht, denn ich war mir sicher, daß es etwas Schlimmes war oder etwas Grausames. Mein Tee war heiß, aber ich leerte die Tasse und stellte sie entschieden zurück.
»Gut«, sagte ich, stand aber nicht auf, wie ich es beabsichtigt hatte.
»Was ich mich frage«, sagte Saleem noch einmal und bückte sich, um Cog zu streicheln, »ist, ob du Doug tatsächlich von dem Museum erzählen würdest. Damit will ich keineswegs sagen, daß sie wirklich Beweise hätten. Es ist so lange her.« Sie lächelte. »Und ich war so, so vorsichtig.«
Sie streichelte immer noch den Kater, deshalb wagte ich es. »Du hast dein Bein verloren«, sagte ich, »so vorsichtig kannst du also nicht gewesen sein.«
Sie ignorierte mich. »Ich bin von deiner kleinen Drohung, mich zu verraten, ganz und gar nicht eingeschüchtert«, sagte sie. »Ganz und gar nicht. Mich interessiert nur, ob du es tun würdest.« Sie richtete sich auf und sah mich an und fügte angelegentlich hinzu, »Und ich glaube wirklich, du würdest es tun.«
Mein Mund wurde trocken. Ich sagte, »Nancy ist hart im Nehmen, aber gegen jemanden wie dich ist sie wehrlos.«

Saleem zuckte die Achseln. Sie hat keinen Grund, sich gegen mich zu wehren. Ich habe nichts gegen Nancy. Das geht nur dich und mich etwas an.«

Ich gähnte. Das schien eine sehr unangemessene Reaktion auf das, was sie gesagt hatte, aber ich konnte nicht anders.

»Hoffentlich langweile ich dich nicht.«

Ich gähnte wieder. Mein Mund fühlte sich trocken an.

»Ich weiß nicht, wieso«, sagte Saleem scheinbar sehr ruhig, »aber ich glaube, wenn man sich jemandem anvertraut, wenn man jemandem etwas Persönliches, im Herzen Verborgenes zum Geschenk macht, dann ist das so etwas wie eine Verbindung, ein Bündnis. Und wenn jemand damit droht, diese Verbindung zu zerstören...« Sie pfiff leise. »Was könnte schlimmer sein, Phil? Welches Verbrechen könnte schlimmer sein als das?«

Ich hätte eine Antwort geben können, denn ich hatte viel zu sagen zu diesem Thema und zu anderen, ähnlichen Themen, aber als ich versuchte, meinen Mund zu bewegen, bewegte er sich nicht. Ich sah Saleem eine Weile an, und sie sah mich an. Dann fiel mein Kopf langsam vornüber auf den Tisch. Ich starrte lange, lange auf das Webmuster des Tischtuchs. Es war das merkwürdigste Gefühl, den restlichen Donnerstag langsam auströpfeln zu sehen und zu fühlen, wie Saleem sich in der Küche bewegte wie eine harte, dunkle, gewiefte Spinne.

Freitag

Das erste, woran ich mich erinnere: ein moschusduftendes, dunkelhäutiges, eingliedriges Bündel Schlechtigkeit, das mit einem Rasierer auf meinem Schoß saß. Ich konnte nichts tun. Hatte ich geschlafen? Ich vermutete ja. Ich fühlte mich sehr schwer. Möglicherweise ihr Gewicht auf mir.

»Hallo, Phil«, sagte sie, als ich die Augen öffnete, und fuhr fort, meine Haut mit der Klinge zu berühren.

»Normalerweise«, sagte sie, »benutze ich diesen Rasierer unter meinen Armen. Siehst du?« Sie hob ihren Arm. Ich sah die Poren in ihrer Achselhöhle, die aus der Nähe aussahen wie kleine Krater. »Beinahe fertig«, seufzte sie und senkte den Arm, um eine Schaumflocke auf der Klinge an ihrer Weste abzuwischen. »Heiß, nicht?«

Ich fragte mich, wie lange diese Unterhaltung wohl schon dauerte. Stunden möglicherweise.

»So!« Saleem warf den Rasierer auf den Tisch und trocknete sich die Hände an ihrer Weste ab, dann hob sie das Vorderteil dieser Weste und rieb damit über mein Gesicht. Ich ahnte ihre Brüste an meiner Schulter. Ich spürte sie nicht, aber ich ahnte sie, weich. Weich.

Nachdem sie mich abgewischt hatte, lehnte sie sich einen Augenblick zurück und starrte. »Weiß du, eigentlich bist du ein richtig hübscher Mann.«

Ich starrte verständnislos zurück.

Sie verlagerte ihr Gewicht auf meinem Schoß, setzte sich seitwärts, so daß ein Bein herabhing, und das andere, verkürzte, steif und horizontal abstand wie der aufgerichtete, kupierte Schwanz eines Vorstehhundes.

»Es ist ganz angenehm«, sagte sie nebenbei, »ein wenig Gesellschaft zu haben.«

»Fühlst du das?« fragte sie einen Augenblick später. Ich fühlte nichts. Ich versuchte, den Kopf zu schütteln. Ich blinzelte.

»Was heißt das? Ja? Nein? Fühlst du das?« fragte sie noch einmal. Ich sah starr geradeaus. Ich fühlte nichts.

»Allerdings«, sagte sie leicht besorgt, »hast du eine Erektion. Entweder das, oder...« Sie bewegte sich auf meinem Schoß. »Das, oder du hast die Schlüssel zum Haupteingang in deiner Tasche. Weißt du zufällig, ob du die gerade bei dir hast?«

Ich versuchte zu nicken, aber es gelang mir nicht.

»Die mit dem großen, hölzernen...«, sie lachte schallend, »dem großen hölzernen Schlüsselring. Warte.«

Sie grub ihre Hände in meine Taschen und zog etwas Kleingeld, ein altes kariertes Taschentuch, ein paar Kassenbons heraus.

»Keine Schlüssel«, sagte sie lächelnd. Aus der anderen Tasche zog sie meine Brieftasche. Sie öffnete sie, schaute hinein, und als sie nichts von Interesse darin fand, warf sie sie auf den Tisch. »Gut«, sagte sie, »willst du, daß ich dich küsse?«

Ich blieb versteinert. Sie kam meinem Gesicht ganz nahe. Ihre Arme umfingen mich. Sie schloß die Augen

und nahm meine Oberlippe zwischen die Zähne, ließ dann los und hielt meine Lippe zwischen ihren Lippen. Ihr Atem roch nach Mundwasser und Kaugummi. Süß und antiseptisch.
Sie öffnete die Augen. »Dein Gesicht«, sagte sie, »ist ganz geschwollen. Du siehst aus wie ein geschälter Apfel, der im Wasser gelegen hat. Irgendwie aufgequollen.«
Sie leckte meine Wange mit fester Zunge wie eine Katze. Sie flüsterte in mein Ohr, »Warum kannst du mich nicht ausstehen? Was habe ich getan? Du bösartiger Hurensohn.«
Sie nahm einen Arm von meinem Hals. »Ich mache jetzt deine Hose auf.« Mehr Gezappel. »Ich habe mein Höschen ausgezogen. Siehst du?« Sie hielt eine winzige, alte schwarze Flanellunterhose vor mir in die Höhe und ließ sie dann fallen. »Wie es scheint«, grinste sie und wandte mir das Gesicht zu, »stehst du unter Drogen und bist schwer und gefühllos und irgendwie taub, aber ein winzig kleiner Teil von dir ist immer noch wach und hat einen ganz eigenen Kopf und ganz eigene Absichten. Das Leben ist bitter«, fuhr sie fort, »nicht wahr? Voller bösartiger, bitterer kleiner Überraschungen.«
Sie zog ihre Weste aus. Ich sah ihre Schultern und ihre Schulterblätter. Meine Gedanken waren in eine Debatte verstrickt, ob ich gerne etwas fühlen wollte oder ob ich es vorzog, nichts zu fühlen. Ich fühlte nichts. Ich konnte nicht.
Saleem küßte mich wieder auf die Lippen. »So ist es gut«, murmelte sie, »bewege deine Hände genau so.«

Meine Hände? Was verpaßte ich?

»Ich mache nur Spaß«, grinste sie. »Deine Hände bewegen sich gar nicht.«

Aus der Nähe sah ihr Gesicht feucht aus. Als ich horchte, hörte ich in einem Topf auf dem Herd etwas brodeln, und die Luft war voller Dampf. Saleem stupste mich mit der Nase am Hals. »Moment«, flüsterte sie und zog sich hoch, stützte sich mit beiden Händen auf meine Schultern, dann ließ sie die eine Hand kurz los, bevor sie sich wieder herabsenkte, dieses Mal jedoch langsam, während sich ihr Gesicht in etwas Ähnlichem wie Trotz zusammenzog. Sie seufzte. »Das ist gut«, flüsterte sie, »eine süße Rache.«

Ich wünschte mir, ich könnte etwas fühlen. Irgend etwas. Nur meine Augen und Lippen. Sie küßte meine Lippen und saugte dann die Luft aus mir heraus. Sie hob und senkte sich. Die einfachste, die leichteste Bewegung: Sie war ein kleiner See, hatte ihre eigene Wellenbewegung, rollte und ritt in ihrem eigenen, gleichmäßigen Tempo. Sanfte Wellen, hoch, nieder. Winzige Seufzer wie Böen über dem Wasser.

Der Stuhl schwankte. Ich schaute in ihr Gesicht. Ihre Augen waren geschlossen. Sie lächelte. Sie hatte hübsche Zähne. Mir war früher nie aufgefallen, was für gute Zähne sie hatte. Sie lehnte sich leicht zurück. Wenn ich den Blick senkte, konnte ich auf ihre Brüste sehen. Ich sah wieder auf, senkte den Blick dann erneut. Was konnte ich fühlen? Ein Kribbeln im Kinn und am Hals.

Sie beugte sich näher und biß mich mit ihren schönen Zähnen seitlich in den Hals. Ich konnte es fühlen. Ich fühlte etwas. Ihr Haar strich um meine Ohren. Ihre Hände berührten leicht meine Schultern und dann meine Brust. Sie zerrte an den Knöpfen meines Hemdes. Ich fühlte ihre Schultern, und ich war sicher, daß ich genau darunter etwas fühlte.

Während sie mein Hemd aufknöpfte, flüsterte sie mir ins Ohr. »Tut das weh? So sehr wie ich es möchte? Du bösartiger, loyaler, in Nancy verliebter kleiner Arsch.« Sie wandte den Kopf und sah mir in die Augen. »Tut's weh?«

Ich war sicher, daß ich hätte antworten können, aber ich blieb so steif, als könnte ich es nicht. Ich konnte meine Rippen und meinen Bauch fühlen. Ich konnte sie fühlen. Sie schob ihre Hände auf meine Hüften hinunter. Ich fühlte ihre Hände. Sie kribbelten auf mir wie kratzige Pfirsiche.

Ihr Atem wurde schneller. Sie hob und senkte sich. Ich konnte meinen Bauch fühlen. Ich konnte tiefer als mein Bauch etwas fühlen. Oh, ich wollte sie so sehr fühlen. Ihre Augen waren geschlossen, und wenn ich meinen Hals ein wenig drehte, konnte ich ihre feucht schimmernden Brüste sehen, die sich mit ihrem Atem hoben. Ich beobachtete, wie sich ein Schweißtropfen bildete und von ihrem Kinn über den Bauch rann. Ich wollte ihn mit den Lippen einfangen.

Ihre Augen waren immer noch geschlossen, als sie sich ganz nahe heranschob. Ich fühlte sie so weich an meinem Körper. Sie küßte meine Lippen, und sie lächelte, als sie sich löste, und sie glänzte sehr, als sie sich zurückzog und die Augen öffnete.

Ich konnte etwas fühlen. Oh Gott! Etwas so Dunkles

und Starkes und Heißes und Enges und Drängendes. Der Stuhl schaukelte immer noch. Ich konnte etwas fühlen.
Sie versteifte sich. Ganz plötzlich sah sie wütend aus. Sie starrte mich an. Sie hatte aufgehört, sich zu bewegen. »Es hat verdammt noch mal keinen Sinn«, sagte sie wild. »Verdammte Nancy! Nancy! Ich kann es nicht fassen. Ausgerechnet wegen Nancy läßt du mich einfach stehen. Diese Kuh. Verdammt noch mal.« Sie hievte sich hoch. Oh, das war schlecht. Das war sehr, sehr schlecht. »Fick Nancy! Fick sie! Fick dich selbst! Fickt euch alle beide!«
Sie hüpfte zum Herd hinüber, nahm einen Topf und schlug sich selbst damit kräftig gegen den Kopf.
»Au!« brüllte sie und stolperte und schlug gegen den Tisch, nahm Geschwindigkeit auf, bis sie schließlich mit der kürzesten und präzisesten Rückhand, die ich je gesehen habe, mich schlug. Peng.

Dieses Mal würde ich mich ruhig verhalten. Ich würde kein Zeichen geben – absolut keines –, daß ich wach war. Die Lichter waren gelöscht, das war ein gutes Zeichen. Ich lag leicht gekrümmt auf dem Küchenfußboden, gebogen wie eine Banane, mein Kopf ruhte auf dem zusammengeknüllten Tischtuch, und Cog hatte sich an mich geschmiegt, lag wie ein Pelzmuff quer über meinem Hals.

Wenn ich aufsah, konnte ich durch die Jalousie schauen. Der Himmel war heller als Dunkelheit. Drei Uhr morgens? Vier Uhr morgens? Ich hielt den Atem an, um festzustellen, ob etwas zu hören war. In Cogs Magen rumpelte es, und dann gähnte er. Ich hob langsam den Arm und hob ihn von mir herunter.
Ich setzte mich auf. Mein Fuß stieß gegen einen metallenen Gegenstand, der sich scheppernd bewegte. Ich erstarrte. Ich blinzelte. Es war der Topf, mit dem Saleem mich getroffen hatte. Ich faßte mir mit der Hand seitlich an den Kopf. Er fühlte sich merkwürdig an. Mein ganzes Gesicht fühlte sich merkwürdig an. Ich strich mit der Hand darüber, hoch und hinunter, und es war das Gesicht eines anderen. Weich und nackt und gummiartig. Ganz und gar anders.
Ich ließ meine Gedanken zurückwandern. Ich berührte wieder mein Gesicht. Ich war kurz vor einer Panik. Wer war ich? Es war dunkel. Wer war ich? Ich stand auf. Ich sah mich um. Ich mußte selbst nachsehen.
Alles tat weh. In den Flur. Die Treppe hinauf. Ich brauchte einen Spiegel. Das Badezimmer war die erste Tür links oben auf dem Flur. Ich stieß die Tür auf und schlüpfte hinein. Ich schloß die Tür und machte das Licht an. Ich blinzelte. Oh mein Gott.
Mein Gesicht war nackt und sauber und klar wie ein Blumenkohl. Ein Veilchen über dem Auge und auf der Wange. Meine Augenbrauen waren verschwunden. Mein Haaransatz war einige Zentimeter nach hinten rasiert, so daß ich aussah wie ein Franziskanermönch oder Heinrich VIII. oder Coco der Clown im Windkanal.

Ich war so wütend. Saleem hatte gewollt, daß ich zu dieser Sitzung ging, und ich hatte mich allmählich mit dieser Idee angefreundet, hatte sie ernsthaft in Betracht gezogen, hatte tatsächlich darüber nachgedacht – sagte ich mir und glaubte es –, und nun dies. Wie konnte ich dort hingehen, wenn ich so aussah? Glaubte sie gar nicht an mich? Ich war wütend. Ein dummes Gefühl. Ich war fuchsteufelswild.

Wo war sie? Ich probierte die erste Tür zu meiner Linken. Ein leeres Zimmer. Zweite Tür. Ein Schrank. Dritte Tür. Dusche. Die rechte Seite. Die erste Tür. Ich stieß sie auf.

Doug. Es war dunkel, und Doug war noch dunkler, aber ich sah ihn. Er lag in einem Doppelbett, ein Arm hing heraus, Mund offen, Augen offen, starrte er an die Decke. Ich wäre beinahe wieder hinausgegangen, aber etwas hielt mich zurück.

»Doug?«

Er rührte sich nicht.

»Doug?«

Ich trat näher. Einen Schritt, zwei Schritte. Noch näher. Ich stand neben ihm.

»Doug?«

Ich berührte ihn an der Schulter. Er fühlte sich kalt an. Ich sah ihm in die Augen, aber sie blieben blicklos.

«Doug?«

Ich berührte seine Wange. Wächsern. Ich hielt die Hand vor seinen Mund. Kein Luftzug. Ich zog ihm das Laken bis zum Kinn. Mich fröstelte.

»Doug?«

Ich ging rückwärts aus dem Zimmer, leise, langsam.

Die nächste Tür. Ich machte einen Versuch. Saleems Zimmer. Sie lag ebenfalls im Bett, zusammengerollt unter dem Laken wie ein Eichhörnchen. Ich machte den Mund auf, um ihren Namen zu sagen, sagte aber nichts. Ich hockte mich neben sie. Die Seite ihres Gesichts, wo sie sich verletzt hatte, war grün und blau. Ihre Oberlippe stand vor, als schmolle sie im Schlaf.
Ich beugte mich nach vorne, kaum atmend, und ich weiß nicht, was ich vorhatte. Vielleicht wollte ich ganz nahe an ihr Ohr heran und dann hineinschreien, um sie zu erschrecken und um damit anzufangen, ihr all die üblen Dinge heimzuzahlen, die sie getan hatte. Vielleicht auch nicht.
Tatsächlich ging ich ganz nahe heran und ertappte mich, wie ich mit den Fingerspitzen ihre Wange berührte. Sie öffnete die Augen. »Komm«, sagte sie schläfrig, »mach schon.«
Ich zog mein Hemd aus. Ich zog meine Hose aus. Ich hob die Decke und stieg ins Bett. Unter der Decke war sie warm wie frischgebackenes Brot. Sie drückte sich an mich und preßte ihre Nase gegen meinen Nacken. Mit einer Hand berührte ich ihr Haar. Mit der anderen berührte ich ihre Hüfte und ihren Schenkel und ihre linke Brust, die sich anfühlte wie Moos, nur weicher. Sie krabbelte um mich herum, als wäre ich ein altes Sofa, und machte es sich bequem.
Sie küßte mich. Ich küßte sie. Mit meinem Zeigefinger zählte ich die Höcker entlang ihrer Wirbelsäule, zog dabei an der Haut und fühlte, wie sie sich verschob. Sie faßte nach meiner Hand und führte sie hinunter zwischen ihre Beine, dann tiefer, zu ihrem verlorenen Bein,

dorthin, wo es aufhörte. Das Narbengewebe hatte es empfindlich werden lassen wie ein Blütenblatt. Genau wie eine Pflanze, dachte ich, wenn sie im Herbst zurückgeschnitten wird, und strich mit meiner Hand an ihrem Bein entlang wieder höher. Und ich küßte sie.

»Zum Teufel mit Nancy«, sagte ich und fühlte, wie sie sich bewegte.

»Fick mich«, sagte sie und fing beinahe an zu lachen. Auch ich hätte beinahe gelacht, aber ich mußte die ganze Zeit an Doug denken und ob ich von ihm geträumt hatte.

»Doug ist tot«, sagte ich und fand eine Stelle, wo ich hinpaßte.

»Er ist nicht tot«, seufzte sie, »er schläft nur.«

»Ich glaube nicht«, seufzte ich zurück, »er atmet nicht.«

»Was?«

Ich sagte nichts. Ich bewegte mich weiter.

»Was?«

Sie stieß mich zurück und setzte sich auf. »Warum zum Teufel hast du mir das nicht früher gesagt?«

Das Licht brannte hell und unbarmherzig. Saleem hatte mein Hemd an. Ich knöpfte hastig meine Hose zu, während ich sie beobachtete.

»Oh Gott«, sagte sie. »Du hast recht, es sieht so aus, als würde er nicht atmen. Kannst du seinen Puls fühlen? Weißt du, wo du danach suchen mußt?«

Ich ging näher an das Bett heran. »Seine Augen. So offen«, sagte ich weinerlich, »das kam mir sofort verdächtig vor.«

»Sein Puls!« schrie sie wütend, »wo ist sein Puls?«
Ich packte Dougs Handgelenk. Ich legte meinen Daumen darüber und drückte fest zu.
»Ich spüre nichts«, sagte ich, »aber ich mache es wahrscheinlich nicht richtig. Was hast du ihm gegeben?«
»Dasselbe wie dir.«
Sie schlug ihn jetzt ins Gesicht, erst sachte, dann heftiger.
»Was für ein Zeug?«
»Tee, du Idiot.«
»Tee? Woher?«
»Ich habe ihn gemacht. Gekocht.«
»Was gekocht?«
»Du weißt schon, dieses Zeug. Du hast mir davon erzählt.«
»Hör auf, ihn zu schlagen. Wenn er tot ist, hilft das auch nicht mehr. Wenn er zu sich kommt, wird er wütend sein.«
Sie drehte sich um und sah mich böse an. »Hast du einen besseren Vorschlag?«
»Was für ein Tee war es?«
»Ich kann mich an den Namen nicht erinnern. Du hast ihn mir gezeigt. Du hast gesagt, man müsse die Wurzel kochen.«
Allmählich ergab das Ganze einen Sinn.
»Eine Pflanze? Und mir hast du sie auch gegeben?«
Sie grunzte zustimmend. Sie hielt ihr Ohr an Dougs Lippen.
»Warum hast du es mir gegeben?«
»Du hast mich angekotzt. Es war aus schlechter Laune. Im nachhinein tut es mir leid.«

»Ich hätte auch tot sein können.«
»Du hattest nur eine Tasse.«
»Wieviel hatte Doug?«
»Seit heute morgen? Einen Liter.«
»Wie hast du ihn dazu gebracht, das zu trinken?«
»Sagte ihm beim ersten Mal, es sei Schnaps. Er hat ihn einfach runtergekippt. Beim zweiten Mal habe ich es ihm durch einen Strohhalm eingeflößt.«
»Vielleicht ist er erstickt. Das hättest du nicht tun sollen.«
Saleem sah zu mir auf. »Was sollen wir tun, wenn wir ihn umgebracht haben?«
»Wir? Wir haben ihn umgebracht? Ich bin gar nicht in seiner Nähe gewesen.«
Ihre Mundwinkel verzogen sich nach unten. »Großartig. Wer hat mir von der Pflanze erzählt? Du. Das würde mir nichts ausmachen, aber du kamst hier herein, hast gesehen, daß Doug in einer Notlage war, und alles, was du unternommen hast, war, dich in mein Zimmer zu schleichen und zu versuchen, es mit mir zu treiben. Das an sich ist gleichbedeutend mit verdammtem Totschlag.«
Ich starrte sie an. »Du bist wirklich ein Biest«, sagte ich völlig verblüfft.
Ihr Gesicht zerknitterte langsam, bereitwillig wie eine Handvoll Papiertaschentücher. Sie warf sich quer über Dougs Bett. »Mein Gott!« sagte sie. »Und dabei liebe ich Doug.«
Ich ging auf die andere Seite des Betts und setzte mich. »Ich wußte nicht, daß du Doug liebst.«
»Natürlich liebe ich ihn«, murmelte sie unter Rotz und

Tränen. »Weshalb hätte ich mir sonst die ganze Mühe gemacht?«

»Für dich selbst«, sagte ich.

Sie hob den Kopf und sah mich an. »Zu denken«, sagte sie, »zu denken, ich hätte dich beinahe mit mir schlafen lassen. Mein Gott.«

Ich erwiderte ihren Blick.«Du hast mich vergiftet, du hast mich angelogen, du hast meine Augenbrauen abrasiert, du hast mich mit einem Kochtopf geschlagen.«

Saleem schniefte. Sie sah mich abschätzend an und sagte, »Du hast immer so einen negativen Blick auf die Dinge.«

»Woher hattest du die Pflanze?«

»Aus dem Museum. Die Pflanze, die aus meinem Bein gewachsen ist. Ich dachte, das sei ein Zeichen.«

»Die Grenadilla.«

»Die Passionsblume.« Sie nickte.

»Hast du nicht darüber nachgedacht, wie stark das Zeug ist? Nachdem du es gekocht hattest?«

»Natürlich habe ich das. Ich habe es am Kater ausprobiert.«

»Der Kater.« Ich grinste.

»Weshalb grinst du?«

»Der Kater«, sagte ich. »Erinnerst du dich?«

»Was?« Sie verlor wieder die Beherrschung.

»Du dachtest, du hättest den Kater umgebracht.«

»Na und?«

Ich beschloß, es ihr zu sagen. »Okay«, sagte ich. »Ich gebe es zu. Ich habe Dougs Puls gefühlt. Und er hat geblinzelt.«

»Was?«

»Während du geschluchzt hast, hat er geblinzelt.«
Ihre Augen waren rund wie zwei Vollmonde. »Er hat geblinzelt? Er hat geblinzelt, und du Scheißkerl hast es mir nicht gesagt?« Sie machte einen Satz in meine Richtung. Ich stand auf. Plötzlich war ich furchtbar stolz auf mich. Ich hatte mich gerächt.
Saleem sah sich nach irgendeiner Waffe um.
»Hoffen wir«, sagte ich, »daß Doug rechtzeitig für die Sitzung wieder zu sich kommt.«
Saleem hatte die Nachttischlampe gepackt und versuchte, den Stecker an der Schnur aus der Wand zu ziehen. Dankenswerterweise rührte er sich nicht.
»Doug ist nicht tot«, sagte ich resolut, »das ist sicherlich erfreulich, oder?« Sie hielt einen Moment inne. »Und offensichtlich liebst du Doug, deshalb solltest du eigentlich in Ekstase ausbrechen.«
»Verpiß dich.«
Saleem stellte die Lampe wieder hin und sah Doug ins Gesicht. »Er ist immer noch völlig bewußtlos«, sagte sie und sah zu mir auf. »Ich wußte, daß du nicht zu dieser Sitzung gehen würdest. Deshalb bin ich so wütend geworden.«
Ich war empört. »Ich habe es mir ernsthaft überlegt hinzugehen.«
»Quatsch.«
»Bevor du meine Augenbrauen abrasiert hast.«
»Einen Quatsch hast du. Ich wußte, daß du nicht gehen würdest. Du bist zu feige.«
Ich zuckte die Schultern. Eine Antwort schien wenig Sinn zu haben. Ich sagte, »Kann ich bitte mein Hemd wiederhaben?«

»Warum?«
»Ich will nach Hause gehen. Ich bin müde.«
Saleem ging aus dem Zimmer. Ich setzte mich wieder auf das Bett und betrachtete Doug. Er schlief immer noch fest, aber seine Augen waren offen. Ich überlegte, ob ich vorsichtig seine Lider schließen sollte. Ich beugte mich über ihn.
»Was machst du da?«
Saleem stand in ihrer Weste und Unterhose im Türrahmen. Der Anblick ihres seltsamen, blaßen Stumpfes hätte mich beinahe zum Lächeln gebracht. Es hatte damit etwas Besonderes auf sich. Etwas Sauberes und Außergewöhnliches. Sie warf mir mein Hemd zu, und ich zog es an.
»Du wirst es nicht glauben«, sagte ich, entschlossen, mich weiterhin in Verlegenheit zu bringen, falls nötig für den Rest meines Lebens, »aber ich liebe Doug ebenfalls.«
»Tust du nicht.«
»Tue ich doch.«
»Wie?«
»Wie meinst du das?«
»Wie liebst du ihn?«
Ich zuckte die Schultern. »Er ist großartig.«
Sie hob die Augenbrauen. Ich fügte hinzu, »Ich meine großartig wie Julius Cäsar oder so jemand. Napoleon. Eine phantastische Persönlichkeit.«
»Ich sage dir, was er ist«, sagte Saleem sauer, »er ist eine verdammte Plage, und er ist halb verrückt.«
»Ich weiß.« Ich schaute in Dougs blicklose Augen. »Er ist alles.«

»Komm hinunter.« Sie winkte mir von der Tür.

»Warum?«

»Ich kann nicht ordentlich mit dir reden, wenn Doug hier liegt.«

Ich stand auf und folgte Saleem zur Treppe. Sie hatte keinen Stock dabei und lehnte den Arm ab, den ich ihr anbot. Statt dessen setzte sie sich auf die oberste Treppenstufe und rutschte auf dem Hintern nach unten. Ich erinnerte mich, genau das getan zu haben, als ich noch klein gewesen war. Während sie hinunterrutschte und ich hinter ihr herging, fragte ich, »Wie wurde Nancy in all das verwickelt?«

»Verdammte Nancy«, brummte sie.

»Es interessiert mich bloß.«

»Gott, du bist plötzlich so zufrieden mit dir.«

Bin ich das? fragte ich mich. Ich konnte mir keinen Grund dafür vorstellen.

Saleem kam am Fuß der Treppe an und zog sich am Treppengeländer hoch. Von hinten sah ich, daß ihr Hinterteil von der Reibung ganz rosig war. Sie hüpfte in die Küche und stellte den Kessel an.

»Ich werde mir ein Ei kochen«, sagte sie und fing mit den Vorbereitungen an.

Ich setzte mich an den Tisch. Die Sonne überlegte sich, ob sie aufgehen sollte. Meine Hand war immer noch geschwollen. Mein Knöchel sah schrecklich aus, leuchtend rot, als wollte die Haut aufplatzen und Blasen werfen.

Saleem zog sich einen Stuhl heran. »Gut«, sagte sie und leckte etwas Margarine von ihrem Daumen, »du denkst also, ich sei ein mieser Charakter. Und ja, ich habe Nancy irgendwie unter Druck gesetzt. Der Punkt ist allerdings...« Sie drehte sich um, als das Wasser kochte, rührte sich aber nicht von der Stelle, um Tee zu machen. Statt dessen stand ich auf und kochte Kaffee.

»Der Punkt ist nämlich der, als Ray mir von Nancys Auge erzählte, erschien mir die Gelegenheit zu gut, um sie auszulassen. Soll ich dir sagen, warum?«

»Warum?«

»Weil das alles purer Unsinn ist. Ray hat vielleicht früher als wir bemerkt, daß mit Nancys Auge etwas nicht in Ordnung ist, aber was er nicht weiß, ist, daß Nancy durchaus das Recht hat, mit nur einem Auge zu fahren.«

»Woher weißt du das?«

»Ich dachte, es sei am besten, erst mal die Details auszukundschaften, bevor ich anfing, sie zu erpressen. Ich habe beim Verkehrsministerium angerufen.«

Saleem grinste. »Und ich sage dir noch etwas. Wenn du den Schaden am Lastwagen überprüfst und die Reparaturrechnungen wegen ihrer anderen Unfälle, wirst du feststellen, daß alle diese Karambolagen die linke Seite betreffen.«

»Und was bedeutet das?«

»Daß sie überkompensiert, du Idiot. Ihr Auge ist überhaupt kein Problem. Das Problem ist, daß sie deswegen so aufgeregt ist, daß sie schlecht fährt, weil sie es überkompensieren will. Sie ist so paranoid wegen der Möglichkeit, ihren Job zu verlieren, daß sie nie auch nur auf die Idee gekommen ist, sich zu fragen, ob es wirklich ein Problem ist.«

»Es ist also gar keines?«
»Nein.«
»Aber du hast sie trotzdem erpreßt?«
»Ja. Ich brauchte sie, um Doug nach oben zu tragen, und als Lockvogel.« Sie sah mich ohne Reue an. »Ich sagte ihr, jeder von uns würde alles verlieren, wenn Doug nicht davon abgehalten würde, zu dieser Sitzung zu gehen. Ich habe ihr auch damit gedroht, dir von ihrem Auge zu erzählen und daß sie dich getäuscht hatte. Ich überzeugte sie, und ich überzeugte Ray, du seist integer. Ich sagte ihnen, daß du für Doug durchs Feuer gehen würdest, wenn du glaubtest, er wäre im Recht. Sogar wenn er verrückt wäre.«
Ich reichte ihr einen Becher Kaffee. Sie nahm ihn. »Danke.«
»Demnach ist das alles meinetwegen passiert«, sagte ich nervös.
»Ja. Um dir zu beweisen, daß Doug verrückt ist; du brauchtest eindeutige Beweise. Um dich in die Enge zu treiben, dich zu drangsalieren, dich zu verführen.«
Sie trank einen Schluck Kaffee und hüpfte dann zum Herd, um ihr Ei zu holen. Sie legte es auf eine Untertasse und hüpfte dann zurück an den Tisch. Sie klopfte es an der Untertasse auf und begann es zu schälen.
»Als ich heute nachmittag von dir wegging, ist mir jedoch klargeworden«, sagte sie, mit dem Ei beschäftigt, »daß du nicht die Absicht hattest, zu dieser Sitzung zu gehen.«
»Wieso?«
»Wieso? Weil du Doug nicht wirklich liebst. Du verstehst Doug nicht.«

»Wie kannst du so etwas behaupten?«
Sie hatte das Ei nun geschält. »Wie ich das kann? Weil du, wenn du Doug lieben würdest, zu dieser Sitzung gehen wolltest. Du würdest ihm helfen wollen. Du würdest nicht glauben, alles, was ich ihm angetan habe, sei schlecht. Du würdest verstehen, daß ich Dougs Freundin bin und daß ich ihn beschützen will.«
Darüber hätte ich beinahe gelacht. Saleem ignorierte mich und nahm einen Bissen von ihrem Ei.
»Du glaubst, du seist anders«, sagte sie, während sie kaute und schluckte, »aber du bist überhaupt nicht anders, du fühlst dich nur anders. Aber ich und Doug, wir können nichts dagegen tun. Die Leute glauben, wir seien anders, weil wir es äußerlich sind. Wir haben eine andere Farbe. Es spielt keine Rolle, wieviel man tut. Es spielt verdammt noch mal keine Rolle, wie sehr man sich für etwas einsetzt. Man paßt nicht dazu. Die Leute lassen einen nicht. Sogar, wenn man die perfekte Umgebung findet und sie einem gehört. Sogar dann.«
Ich sah sie perplex an.
»Du gehörst hierher«, sagte sie. »Niemand bezweifelt das.«
»Doug gehört ebenfalls hierher. Und du auch.«
Sie aß schweigend ihr Ei. Schließlich sagte sie, »Deine Gefühle und die Realität, Phil. Zwei vollkommen verschiedene Dinge.«
Ich versuchte herauszufinden, was schlimmer war: Sich anders zu fühlen, aber dazuzugehören, oder anders zu sein, sich im Herzen aber zu fühlen, als müsse man dazugehören, aber eben doch nicht ganz. Was war schlimmer? Blöde Frage.

Saleem aß ihr Ei auf und leckte sich die Finger sauber. Ich sah sie an. »Hättest du Nancy verraten?« fragte ich schließlich.
Sie zuckte die Achseln. »Keine Ahnung. Ich glaube gerne von mir, daß ich zu allem fähig bin.« Sie leckte sich die Lippen und sagte dann, »Jetzt sind wir also wieder bei Nancy.«
»Nein«, sagte ich. »Ich dachte nur darüber nach, was du gesagt hast, bevor du mich unter Drogen gesetzt hast.«
»Was habe ich gesagt?«
»Daß man Verantwortung hat gegenüber jemandem, dessen Geheimnisse man kennt.«
Sie seufzte. »Vergiß es. Wir werden sowieso alles verlieren.«
»Glaubst du das wirklich?«
»Ich weiß es.«
»Wo wirst du dann hingehen?«
»Wen kümmert das? Dies ist der einzige Ort, wo ich hingehöre.«
»Und Doug?«
»Er ist alles, er ist überall. Armer Teufel.«
Wir saßen eine Weile schweigend da. »Gut«, sagte ich, »ich gehe zu dieser Sitzung. Ich weiß nicht, warum ich mich zuerst so angestellt habe.«
Ich dachte an meinen Beerdigungsanzug, der in meinem Schrank hing. Mein Herz zog sich zusammen.
»Wir haben nichts zu verlieren«, ergänzte ich und dachte im selben Moment an den Kräutergarten und den Zierteich, an die Enten und Gänse.
»Ich werde abwarten und Tee trinken«, sagte Saleem

und zeigte damit ein lobenswertes Fehlen von Vertrauen in meine Person. »Ich glaube erst dann, daß du gegangen bist, wenn ich es mit meinen eigenen Augen gesehen habe.«

Sie machte ein Zeichen. Wir waren beide eine Weile still. Oben hörte ich, wie Cog über den Flur spazierte. Saleem schaute zur Decke.

»Der Kater«, sagte ich.

Sie schüttelte den Kopf. »Der sitzt auf meinem Schoß.«

»Doug!« rief ich und fühlte, wie etwas meine Wirbelsäule hinunterkroch.

Wir lauschten beide. Doug schleppte sich über den Flur ins Badezimmer.

»Wie spät ist es?«

Saleem schubste den Kater von ihrem Schoß, lehnte sich auf ihrem Stuhl zurück und sah auf die Uhr, die im Herd eingelassen war. »Viertel nach sechs.«

»Wann ist die Sitzung?«

»Punkt neun.«

Oben hörte ich, wie die Hähne aufgedreht wurden.

»Was tut er?«

»Er wäscht sich. Vielleicht nimmt er ein Bad. Er steht normalerweise um diese Zeit auf. Das beweist es doch. Vor einer Stunde war er noch im Koma. Er ist so verdammt determiniert. Das passiert, wenn dein Gehirn anfängt, sich zu drehen.«

Ich hatte plötzlich Angst. Ich sagte schuldbewußt, »Du kannst ihm wahrscheinlich nicht noch mehr Tee geben, oder?«

Sie schüttelte den Kopf. »Das Risiko gehe ich nicht

ein.« Sie lächelte mich an. »Und was jetzt, Phil? Irgendwelche Vorschläge?«
Mein Kopf war leer.
»In meinem Schlafzimmer steht eine schwere Kommode«, sagte sie, »die könntest du vor die Badezimmertür schieben. Ihn einsperren.«
Mein Herz begann zu klopfen. »Ich bin sehr schwach«, sagte ich nervös, »meine Hand und mein Fuß.«
»Es liegt an dir.«
»Er wird wahnsinnig werden.«
»Er ist bereits wahnsinnig. Er wird höchstens noch wahnsinniger. Und außerdem«, fügte sie hinzu, »wird er immer noch langsam sein und benommen, genau wie du, als du aufgewacht bist.«
Ich erinnerte mich und wurde langsam rot. »Gut«, sagte ich.

Die Kommode war schwer. Mit meiner verletzten Hand konnte ich sie nicht packen, und mit meinem verletzten Fuß fand ich keinen Halt. Nach fünf Minuten hatte ich sie bis zur Tür von Saleems Zimmer geschafft. Ich hielt einen Moment inne, um Atem zu schöpfen. Während ich diese Pause einlegte, öffnete sich die Badezimmertür und Doug kam heraus, noch dampfend vom Bad und in ein Handtuch gewickelt. Er wirkte benommen, und seine Lider waren schwer. Er blieb im Flur stehen und taxierte mich.
»Phil«, sagte er nach einer Weile, nach meinem Namen suchend. Fühl.
Ich erstarrte. Mein Herz setzte aus und fing dann wieder an zu schlagen. »Hallo, Doug.«

Er starrte auf die Kommode. »Was ist hier los?«
»Nichts. Ich helfe Saleem beim Möbelrücken.«
»Du siehst anders aus«, murmelte er und kratzte sich am Kopf, als könne er nicht ganz glauben, daß ich nicht nur ein Produkt seiner Phantasie war. Ich holte tief Luft.
»Übrigens«, sagte ich schnell, einer plötzlichen Idee folgend, »hast du dich, glaube ich, beim Rasieren geschnitten. Auf der Wange. Sie blutet.«
»Ja?« Doug faßte sich mit der Hand an die Wange und blinzelte wegen der Anstrengung, die ihn das kostete.
»Du gehst besser noch mal ins Bad und siehst im Spiegel nach.«
Doug drehte sich langsam um und ging zurück ins Badezimmer.
»Ist es schlimm?« fragte ich. »Wahrscheinlich ist es nur ein Kratzer.«
Doug antwortete nicht sofort. Ich setzte über die Kommode, stieß die Badezimmertür zu, sprang wieder zurück und gab ihr einen mächtigen Stoß. Ein tiefer Atemzug, dann noch ein Stoß. Während des zweiten Stoßes versuchte Doug, die Tür zu öffnen, aber sie öffnete sich nur ein paar Zentimeter, bevor ich der Kommode einen dritten Stoß versetzte und die Tür zuknallte.
Ich wartete schweigend eine Minute, schwer atmend und schwitzend. Nach dieser Minute sagte Doug, »Phil, ich trage einen Bart. Ich habe mich seit fünfzehn Jahren nicht mehr mit einer Klinge rasiert.« Seine Stimme klang gedämpft durch das Holz. Grobkörnige

Eiche. Er probierte die Tür. Noch eine Minute. »Phil«, sagte er, »was ist los?« Mein Herz machte einen Sprung. Doug probierte die Tür wieder, dieses Mal aggressiver.

Mit makellosem Zeitgefühl erschien Saleem am Ende des Flurs. Sie legte einen Finger auf die Lippen. Ich stellte fest, daß mein Mund offenstand. Was hatte ich sagen wollen? Ich klappte ihn zu. Sie schlüpfte an mir vorbei in ihr Zimmer, und als sie wieder zurückkam, zerrte sie ein altes Feldbett hinter sich her. Sie legte ihre Lippen an mein Ohr und flüsterte, »Wenn wir das zwischen die Kommode und die Wand stellen, kann er die Tür unter keinen Umständen aufkriegen.«

Ich nahm das Bett und tat, was sie gesagt hatte. Doug war einen Augenblick ruhig. Ich vermutete, daß er auf unsere Geräusche horchte. Dann hörte ich ihn leise fluchen, bevor er mit voller Wucht die Tür attackierte. Die Tür bebte. Ich trat einen Schritt zurück, schockiert von diesem plötzlichen Ausbruch.

»Sie wird halten«, flüsterte Saleem, scheinbar unbeeindruckt. »Es ist ein altes Haus. Die Türen sind solide und die Rahmen auch.«

Sie packte meine Hand und zog mich in Richtung Treppe. Doug wütete in dem quadratischen kleinen Raum noch immer mit der ganzen Wucht eines wütenden Ebers in einer Kiste aus Balsaholz.

»Achte nicht auf ihn«, sagte Saleem ruhig. »Der Plan sieht folgendermaßen aus: Du gehst jetzt nach Hause und ißt etwas und wäschst dich. Zieh deinen Anzug an. Nimm den 29er Bus nach Enfield. Die Büros der Stadtverwaltung sind nur einen kurzen Fußweg vom Markt-

platz entfernt. Du bist doch schon einmal dort gewesen, oder nicht? Du kennst die Adresse?«
Ich nickte.
»Gut. Um neun Uhr mußt du dort sein, komm nicht zu spät. Erzähl ihnen, Doug hätte die Grippe, und wir wollten nicht noch einmal absagen. Erzähl ihnen, du hättest Spulwürmer, deshalb hättest du dein Haar verloren und sähe dein Gesicht so verwüstet aus. Erzähl ihnen irgendein Märchen wegen des Ligusters. Vergiß die Akten nicht und die Bücher.«
Doug hämmerte noch immer gegen die Tür. Er brüllte jetzt.
»Was ist, wenn ich es vermassele?«
»Wenn du es vermasselst, erzähle ich Doug, du hättest ihn absichtlich eingesperrt. Wenn er rauskommt, wird er dich ausfindig machen und umbringen.«
»Er weiß, daß ich ihn dort eingesperrt habe«, sagte ich zitternd. »Er kam heraus, als ich die Kommode verschoben habe, und ich mußte etwas zu ihm sagen. Er weiß, daß ich ihn eingesperrt habe. Oh Gott«, sagte ich verzweifelt, »warum habe ich das getan?«
Saleems Grinsen verschwand einen Moment und kehrte dann zurück und beherrschte ihr Gesicht. »Wir sagen ihm, er hätte das geträumt. Ich erzähle ihm, ich hätte mein Zimmer umgestellt und sei zwischendrin rausgegangen, um eine Flasche Möbelpolitur zu kaufen, deshalb hätte ich sein Geschrei nicht gehört.«
»Glaubst du, das funktioniert?«
»Nein. Aber zum Teufel mit ihm. Unsere Priorität ist es, diesen Park zu halten.«
Ich starrte sie an; ich schwitzte, war verzweifelt und

hatte plötzlich einen Verdacht. Ich sagte, »Ich dachte, wir täten es für Doug?«

Saleem verzog das Gesicht. »Wir haben eine ganze Liste von Prioritäten, Phil. Wie Bälle, mit denen man jongliert. Man kann immer nur ein paar gleichzeitig in der Luft halten.«

Doug kämpfte gegen die Badezimmertür. Es klang, als würde er die Farbe abbeißen. Ich fürchtete mich.

»Und wer wird ihn da später wieder rauslassen?« fragte ich schreckerfüllt.

Saleem schniefte, legte den Kopf schief und dachte einen Augenblick nach. »Wir werfen eine Münze. Jetzt hau ab.«

Eigentlich hätte ich mit ihm rechnen müssen, aber ich war trotzdem überrascht, als ich ihm, auf einem kleinen Fuß stehend, neben dem riesigen gelben Ginster begegnete. Wu. Ich wünschte mir, er würde sich auf eine Stelle beschränken, die ich dann mit Sicherheit hätte vermeiden können. Eine ruhige Ecke, wo niemand ihn und umgekehrt er niemanden sehen würde.

Er war in seiner eigenen Welt. Ich stand in Sichtweite hinter einer Silberbirke und beobachtete ihn. Genau wie Doug. Er war so schön; ich konnte nicht anders. Doug hatte natürlich recht. Er war so sehr ein Teil der Landschaft. Nahm sich, was er von seiner Umgebung

brauchte. Verdaute das Gute, verwarf das Schlechte. Ein Teil des Universums und dennoch ganz und gar er selbst. Im Fluß. Nichts brauchend, alles besitzend.
War es das, was Doug sich ersehnte? War es das, was ich wollte? Und Saleem? Ich glaubte nicht. Wir waren alle kleiner. Wollten etwas besitzen. Einen kleinen Ort. Einen kleinen Besitz. Und je kleiner der Besitz, desto schwieriger zu besitzen. Je kleiner, desto schwieriger.
Ich schlang meine Arme um den Baum und hielt mich daran fest, bis es Zeit war, loszulassen.

Mein Beerdigungsanzug. Die Akten. Enfield. Ein Büro. Vier Männer und ich.
Um es gleich zu sagen, es war schwierig. Deshalb brachte ich mich mit voller Absicht in Verlegenheit, statt auszuweichen und zu vermeiden, wie ich es normalerweise tat. Schnurstracks. Gleich zu Beginn. Ich gab mir einen guten Grund. Ich sagte, »Entschuldigen Sie mein Aussehen. Ich habe eine Allergie gegen unseren neuen Unkrautvertilger.«
Sie starrten mich an, lächelten und hörten dann auf zu starren.
»Es tut mir leid, daß Doug nicht kommen konnte«, fügte ich hinzu, »ich bin eine schlechte zweite Wahl, aber er hat die Grippe und wollte niemanden anstekken.«

Zwei von ihnen nickten, der dritte sah aus dem Fenster (in seine eigene Welt), der vierte schaute sich die Akten an.
»Wir sind ziemlich knapp gewesen«, sagte ich und bereitete mich darauf vor, das Defizit zu erwähnen, den Liguster zu diskutieren und die Versicherung.
Der Mann mit den Akten sah auf. »Es gibt da etwas, Phil, worüber wir reden müssen.«
Mir sank das Herz in die Hose, aber dann, wunderbarerweise, erholte es sich wieder. Ich beschloß in diesem Augenblick, in einem Blitz von perlender Süße, von Schneeblindheit, ihnen von Dougs Irrgarten zu erzählen. Es ihnen zu sagen. War es Wahnsinn? Dougs verrückter Plan. Das schuldete ich ihm, befand ich.
Ich öffnete den Mund, um etwas zu sagen, aber jemand anders kam mir zuvor.
»Wir haben eine Idee«, sagte der zweite Mann, »und wir sind uns nicht sicher, wie sie bei Ihnen ankommt, oder auch bei Doug.«
Ich wollte es ihnen so sehr erzählen. Ich mußte es ihnen erzählen. Ich wollte, daß sie sahen, wie schön Dougs Vision war, wie vollkommen.
»Minigolf«, sagte der erste Mann und stieß den dritten an, der immer noch aus dem Fenster schaute.
»Minigolf«, sprach der dritte Mann nach, »neun Bahnen. Nicht zu groß. Familienspaß und so.«
Der vierte Mann schloß die Akten. »Minigolf«, sagte er, »das haben wir geplant.«
Er faltete eine detailgetreue Karte des Parks auseinander und breitete sie vor mir auf dem Tisch aus. Er öffnete auf diesem Tisch mein Herz und vollführte

daran unbekümmert eine Operation mit seiner Bleistiftspitze. »Genau hier«, zeigte er, »in dieser kleinen Lücke. Was halten Sie davon?«

Nun kommt der seltsame Teil. Früher fühlte ich mich fremd, als wäre ich sonderlich und meine Sonderlichkeit ein schreckliches Geheimnis, das nur auf seine Entdeckung wartete. Und jetzt, wo ich wirklich sonderlich war – rasiert und haarlos, nackt und kahl – jetzt, wo ich wirklich sonderlich war, stellte ich fest, daß es mir nicht besonders viel ausmachte. Kein Grund zum Grübeln. Ich war das, wovor ich mich immer am meisten gefürchtet hatte. Das war ich. Und offen gesagt, es spielte keine Rolle. Nicht die geringste.

Ich stieg aus dem Bus und ging die Green Lane hinunter, bog rechts ab Richtung Alderman Hill, dann links durch das Tor in den Park. Ich war zu Hause. Ich schaute mich um. Was sah ich?

Ich sah Abfall, ich sah Unkraut, ich sah Hundescheiße. Wenn ich die Augen zusammenkniff, sah ich in der Ferne den Minigolfplatz. Er war bereits da. Familien beim Spielen, Kinder, aus deren Eistüten es auf den künstlichen Rasen tropfte, der Gummibodenbelag in einer leuchtend synthetischen Farbe. Ich konnte ihn bereits sehen, ein Klumpen im Zentrum dieses kleinen grünen Herzens.

Ich ging auf das Haus zu. Unterwegs kam ich an Ray

vorbei, der Kletterrosen an einem Gerüst befestigte. Er sah mich nicht. Ich ging weiter und sah Nancy. Sie fuhr ihren Lastwagen rückwärts aus dem Hof. Ihr Gesicht sah abgespannt und verkatert aus. Sie sah mich nicht. Ich wandte mich ab und ging die Treppe hinauf, stieß die Tür auf, ging ins Haus und in die Küche.

Doug saß am Küchentisch und umfaßte mit beiden Händen einen Becher Lemsip-Erkältungsaft. Wir sahen einander an. Ich schrumpfte.

»Frag mich nicht«, sagte er schließlich mit einer Stimme so tief wie die tiefste Note eines gutgestimmten Waldhorns, »frag mich nicht, wie ich hierher gekommen bin.«

Ich sagte nichts, ich traute mich nicht zu fragen.

»Also, Phil«, sagte er ganz umgänglich, »du bist zu meiner Sitzung gegangen.«

Ich schluckte trocken. Ich nickte.

Doug sah nachdenklich in seinen Lemsip-Becher. »Ich nehme an«, sagte er langsam, »ich habe dich blöde im Stich gelassen.«

»Wie bitte?«

Er räusperte sich. »Ich nehme an, ich habe dich böse im Stich gelassen.«

Ich legte meine Hand an mein kahles Gesicht, an meine Stirn, wo das Haar abgesäbelt worden war.

»Nein«, stotterte ich, »du hast mich nicht im Stich gelassen.«

Doug knirschte mit den Zähnen. »Ich hätte dort sein sollen.« Er machte eine Pause. »Ich weiß es aber zu schätzen, daß du eingesprungen bist. Daß du in die Bresche gesprungen bist. Denn im Moment ist es wirklich sehr eng.« Er hielt kurz inne und rieb sich mit dem Handrücken über die Augen. »Sehr eng«, wiederholte er.

Ich nickte dümmlich. Ich wäre mit allem einverstanden gewesen. Der Wahrheit. Lügen. »Ich weiß«, sagte ich.

Doug nahm seine Hände herunter und sah mich an.

»Danke«, flüsterte er einigermaßen unbegründet und sah mich immer noch an. Meine Nackenhaare sträubten sich. »Danke«, sagte er noch einmal mit honigsüßer Stimme. Meine Nackenhaare sträubten sich nur noch mehr. Sie standen so sehr zu Berge, daß ich beinahe abhob, losgelöst und immer höher steigend bis fast unter die Decke. Doug, das wußte ich, war am gefährlichsten, wenn er vor Freundlichkeit triefte.

Er spreizte die Hände auf dem Tisch.

»Weißt du, das Leben kann eine Qual sein, Phil«, sagte er. »Und du stellst fest, daß du auf Zehenspitzen hindurchschleichst und kaum weißt, wo du deine Füße hinsetzen sollst. Und du hältst dich an den kleinen Dingen fest, diesen winzig kleinen Stellen, wo du deine Füße hingesetzt hast. Und dann fängst du irgendwann an, dir diese kleinen Stellen anzusehen, diese Orte, siehst wirklich hin, und siehst, wie eng sie sind. Wirklich eng. Und fängst an, dich zu fragen ...«

Ich sah ihn an wie hypnotisiert.

»Wie lief die Sitzung, Phil?«

»Mmh ... gut.« Ich brachte es nicht über mich, ihm zu erzählen, daß dieser Ort schrumpfen würde. Ich brachte es nicht über mich, ihm von den neun Löchern und dem künstlichen Rasen und dem Eintrittsgeld und den weichbesohlten Schuhen zu erzählen.

»Wie lief es, Phil? Ist es gut gelaufen oder blöde?«
Meine Hand flog wieder zu meinem Gesicht. »Ich glaube, es lief ganz gut.«
»Wir reden später darüber, hm?«
Ich nickte.
Dougs Augen waren plötzlich sehr sanft. Ich war beinahe krank vor Angst. Er sagte, »Ich hatte die übelste Stirnhöhlenentzündung, Phil. Und sie sitzt nun schon eine ganze Weile über meiner Nase fest. Ich habe gewartet, daß sie sich löst. Immer nur gewartet ...« Doug sagte nichts mehr und sah mich scheinbar eine Ewigkeit lang an. »Und dann hat sie sich schließlich gelöst.«
Ich nickte.
»Sie hat sich gelöst.«
»Ja.«
»Ich fühle mich aber immer noch mies, Phil. Phil?«
»Ja?«
»Ich fühle mich immer noch mies.«
In diesem Moment bemerkte ich, daß Doug eine Heckenschere neben sich auf dem Tisch liegen hatte und daß er sie geschliffen hatte. Die Schneiden waren helles Silber. Doug griff nach der Heckenschere und nahm sie von einer Hand in die andere. Er hielt sie in der Hand und stand auf.
»Phil?«
»Ja?«
»Umarmst du mich, Phil?«
Seine Stimme klang zuckersüß. Er lächelte. Er lächelte nie, nicht Doug, niemals. Er würde mich gleich umbringen. Ich war mir sicher. Er würde mich umbringen.

Die Schere war scharf genug. Ich verdiente es. Er streckte die Arme aus. Die Schere lag hoch und ruhig in seiner rechten Hand.
Langsam, steif, ging ich auf ihn zu. Näher und noch näher. Verängstigt begab ich mich in seine Arme. Er lachte in sich hinein und gluckste und klopfte mir dann auf den Rücken. Er umarmte mich.
»Ist der Traktor noch in der Scheune?« fragte er schließlich.
Ich erstickte fast, als ich sprach. »Ich glaube schon.«
»Gut. Gut.«
Er war sanft wie Schnee. Er drückte mich an sich. Ich wartete auf den Stich mit der Schneide. Er drückte mich noch einmal und ließ mich dann los. Ohne ein weiteres Wort leerte er sein Lemsip und tappte dann in aller Ruhe hinaus. Aus der Küche, aus dem Haus.
Ich zitterte. Ich holte tief Luft und folgte ihm. Saleem stand in der Haustür. Sie grinste. »Du bist käseweiß. Wie war er?«
Mich schauderte. »Ich weiß es nicht genau.«
»Und die Sitzung?«
»Die Sitzung?« Ich kämpfte, um mich zu erinnern.
Der Motor des Traktors sprang an, sein Röhren hallte in der Scheune wider. Die Schaltung wurde vom Leerlauf in den Rückwärtsgang gehackt. Saleem, stellte ich fest, starrte mich an. Meine Gedanken waren in der Scheune. Mein Gehirn vibrierte.
»Du wirst ihn nicht loswerden, Phil«, sagte sie sanft, »Und mich wirst du auch nicht loswerden.«
Was meinte sie damit? Sie meinte immer etwas. Sie verschwendete keine Worte. Sie war zielbewußt.

Der Traktor schwenkte aus der Scheune, blinkte rechts und gleich wieder links.
Ich sagte, »Er hatte eine Heckenschere bei sich, und ich glaube, er hat ein Stück Schlauch mitgenommen. Vielleicht will er die große Grenzhecke an der Ostseite zurückschneiden.«
»Nein.«
Wir gingen langsam hinter ihm her. Es schien keinen Grund zur Eile zu geben. Unterwegs sagte ich, »Weißt du, ich glaube, Doug hat doch recht damit, daß alles kreisförmig verläuft.«
»Quatsch.«
Wir gingen weiter und kamen an dem ausgebrannten Museum vorbei.
»Er hat recht«, sagte ich und wurde mir immer sicherer, während ich zusah, wie der Traktor nach rechts abbog und schneller wurde.
»Zehn Pfund«, flüsterte Saleem ehrfürchtig, »zehn Pfund, daß er geradewegs in den Teich fährt.«
Ich steckte meine Hand in die Tasche. »Zehn Pfund, daß nicht.«
Der Traktor hielt kühn auf den Teich zu.
»Er ist mein Held«, sagte Saleem, »er hat vollkommen den Verstand verloren.«
Und der Traktor kam dem Teich immer näher. Und die Enten und die Gänse wackelten mit den Schwänzen und wurden nervös. Einige richteten sich auf. Ein Paar schrie und zischte. Doug winkte hoheitsvoll von seinem Traktor. Er bremste.
»Hab ich's dir doch gesagt«, sagte ich und war plötzlich besserer Laune, vergaß das Minigolf und den

Abfall und die Hundescheiße und den ganzen anderen Kram. »Hab ich's dir doch gesagt«, sagte ich, »er fährt immer langsamer.«

Doug verlangsamte zu einem Trudeln, hielt aber nicht an. Nicht ganz. Statt dessen setzte er den Traktor sehr langsam, sehr vorsichtig in den Teich: Vorderräder, Hinterräder fuhren ein paar Sekunden, dann setzte der Motor aus.

Saleem hielt mir ihre Handfläche hin. »Was habe ich dir gesagt?«

Doug kletterte aus dem Fahrerhaus, die Heckenschere in der Hand und ein Stück grünen Schlauch um den Arm gewickelt wie eine Python. Er watete durch den Teich, kletterte auf der anderen Seite heraus, drehte sich um, winkte noch einmal, die Schere hochhaltend, und ging dann immer weiter.

Nur einen Moment lang, keine Sekunde, sank Saleems ausgestreckte Hand nach unten. »Was macht er?«

»Genauer«, sagte ich, »was denkt er.«

»Ziemlich einfach«, grinste Saleem, und ihre Hand hob und streckte sich wieder. »Er denkt darüber nach, wie übel und wie gründlich er uns alle drankriegen wird.«

Ihr Gesicht wurde schlaff und straffte sich dann. Sie lachte gackernd. Ich wandte mich verwundert um und beobachtete, wie sie lachte. Dann stellte ich fest, daß ich auch lachte. Sie brachte mich zum Lachen. Wie einfach sie den Dingen auf den Grund ging. Ihre wunderbare Art, zu zischen und zu schlängeln.

Und bis dahin, das gebe ich zu, war ich angespannt gewesen, verhalten, blockiert, aber dann taten meine

Gedanken etwas so Seltsames. Sie flogen zurück, wendeten, es klickte – wie einer dieser Kalender, die jeden Tag eine Seite weiterklicken –, und in diesem Moment sah ich Doug, ganz klar, ganz genau.

Ich sah vieles in Doug, rein und hell und voller Licht. Ich sah vieles in Doug, alle seine Inkarnationen; und er war ein Insekt, ein Ei, eine Perle, eine Zwiebel, eine riesige Zwiebel mit vielen Lagen. Er war ein Edelstein und eine Blüte und ein schöner, leuchtender gelber Vogel. Er war all diese Dinge. Er war alles. *Doug was God and God was doG and evil was dEvil and Devil was liveD, was livid*, rot, wütend, dringend, Notfall, war 999, war 666. Ich sah sie so klar. Ich sah all diese Dinge.

Und der Park war meine Seele. Und ich würde diesen Ort nicht verlassen. Seele. Erde. Ich würde nicht. Ich konnte nicht. Ich konnte diesen Ort nicht verlassen.

Dann war es, daß das Auge war wie das
Ohr, und das Ohr wie die Nase, und die Nase wie
der Mund: denn sie waren alle ein und dasselbe.
Die Gedanken waren in Verzückung, die Form
aufgelöst,
und die Knochen und das Fleisch waren alle
weggeschmolzen;
und ich wußte nicht, wie der Rahmen sich
aufrechthielt
und worauf die Füße traten. Ich gab
mich dem Wind hin, ostwärts oder westwärts,
wie Blätter eines Baums.

Lieh-tzu